조폭사 2

組暴史 조폭사

義

이원호 지음

스토리뱅크

목차

1장 평정 · 7

2장 대망을 품고 · 58

3장 분열 · 85

4장 천하대란 · 124

5장 패권을 향하여 · 152

6장 해후 · 187

7장 불기둥 · 224

1장
평정

밤 12시가 지난 시간이어서 국도에는 차량의 통행이 뜸해졌다. 수원 북쪽의 국도변에는 대형 음식점들이 드믄드믄 세워져 있었는데 국제관은 그 중에서도 초대형 음식점이었다. 식당 평수가 300평이 넘는데다 주차장도 넓다.

"저기 오는 것 같습니다."

주차장에 세워둔 차 안에 앉아있던 최광철이 부하의 말에 상반신을 세웠다. 두 대의 승용차가 국도에서 주차장으로 꺾어 들어오는 것이 보였다. 두 대 모두 검정색 대형 승용차였다.

"너희들은 앉아 있어."

부랴부랴 나오려는 부하들에게 말한 최광철은 혼자서 밖으로 나왔다. 12월의 싸늘한 바람 끝에 습기가 묻어져 있었다. 눈앞까지 다가왔던 승용차 두 대가 멈추더니 곧 뒤쪽 차에서 사내 하나가 내렸다. 그 순간에 라이트가 꺼졌으므로 최광철은 어둠 속으로 발을 떼어 사내에게 다가갔다. 검정색 코트를 걸쳐 입은 사내는 고춘태였다. 고춘태가 흰 이를 드러내고 웃었다.

"저쪽으로 가실까?"

그가 턱으로 주차장의 모퉁이를 가리켰다. 식당의 뒤쪽으로 야산을 바라보는 위치였다. 둘은 찬바람을 맞으며 나란히 검은 산을 바라보며 섰다.

"김경철의 별명이 야차라고 했던가?"

앞쪽을 보며 고춘태가 혼잣소리처럼 말했다.

"그놈이 박종필의 조종을 받고 있었던 것이 틀림없어."

"그게 무슨 말씀이오?"

바람에 머리칼을 날리며 최광철이 반걸음쯤 다가섰다.

"박종필이는 이미 죽었습니다. 그놈이 이번 일을 했다는 증거나 주시지요."

"이봐요, 최 부장."

정색한 고춘태가 최광철을 보았다.

"나한테 먼저 할 이야기가 있을 텐데. 그게 예의가 아닐까?"

"고 회장님이 조건을 내놓으시지요. 나는 갑자기 연락을 받아서 경황이 없습니다."

그러자 쓴웃음을 지은 고춘태가 머리를 끄덕였다.

"좋소. 그럼 임수환의 다음 번 상가 공사를 내가 맡기로 하지. 극동건설이 공사를 따내서 그걸 나한테 넘겨 달란 말이오. 그러면 임수환도 불평하지 않을 테니까."

"그렇게 해 드리지요."

"내일 아침에 각서를 써오면 내가 증인 하나를 넘겨드리지. 김경철이 손을 써서 다른 증인들은 단속을 했지만 이놈 하나는 내가 놓치지 않았어."

고춘태가 다시 이를 보이며 웃었다.

"최 부장이 그놈을 경찰서로 끌고 가서 지난 번 진술을 번복하게 하든지 아니면 간부들 앞에서 자백시켜 진상을 밝히든지 좋은 쪽으로 하시오. 어쨌든 그 일로 최 부장은 간부급들의 인정을 받게 될 테니까."

돌아오는 차 안에서 고춘태가 앞좌석에 앉은 유천상에게 말했다.

"이제 야차 그놈은 빠져나갈 수가 없을 것이다. 내일 중으로 결판이 난다."

"조봉원은 어떻게 할까요?"

"그런 졸개는 천천히 처리해도 돼."

등받이에 상반신을 기댄 고춘태가 어금니를 물었다.

"그 새끼, 내 조직도 노리고 있었다니."

그는 동경의 사장 조봉원의 배후를 알아낸 것이다. 홍병규가 병신이 되고 나서 새로 동경의 부장이 된 최영수는 어리숙하게 보였지만 파격한 성품이었다. 그는 조봉원의 부하 하나를 잡다가 족치며 홍병규의 습격자를 알아내려던 과정에서 조봉원과 정팔호와의 관계가 드러났다. 정팔호와 조봉원이 서울에서 같이 놀던 사이라는 것이다. 그것은 곧 경철이 배후에 있다는 것을 의미했고 그렇다면 홍병규를

친 것도 경철인 셈이다.

"그 새끼는 지금 어디에 있나?"

불쑥 고춘태가 묻자 유천상이 대답했다.

"아직도 빠찡코 사무실에 있습니다."

"경찰 감시는 붙어있고?"

"예, 회장님."

"그놈이 경찰의 보호를 받고 있군 그래."

고춘태가 쓴웃음을 지었다. 그러나 최광철에게 각서를 받고 증인을 넘기면 그놈을 손에 물도 묻히지 않고 제거하면서 실익도 챙기게 된다. 바로 일거양득인 셈이다.

"이놈은 그 계집애처럼 빼앗기면 안돼. 알았어?"

"예, 회장님."

몸을 돌린 유천상이 고춘태를 바라보았다.

"야차 그 새끼가 백 명을 몰고 와도 끄덕없습니다. 회장님"

"야차도 제법 정보력이 있다. 그 계집애 동생을 가로채 가는 걸 봐라."

이맛살을 찌푸린 고춘태가 혀를 찼다.

"이거 미꾸라지 한 마리가 흙탕물 만드는 것 아니야? 그런데 그놈 파트너였다던 계집애는 아직도 못 찾았어?"

"예, 회장님"

"그년이 그놈한테 연락을 한 거야."

혼잣소리처럼 말한 고춘태가 다시 등받이에 상반신을 기댔다.

"어쨌든 내일이면 다 끝난다."

"증인이 모두 열 하나요."

정팔호가 어깨를 늘어뜨리더니 손가락 세 개를 접었다.

"먼저 나하고 두 놈은 뺍시다. 내 친구 두 놈은 혀를 뽑아도 불지는 않을 테니까."

그가 다시 손가락 두 개를 접었다.

"내 파트너였던 계집애하고 윤경하를 빼도 괜찮겠지."

윤경하는 동생과 함께 서울로 피신했고 정팔호는 파트너를 믿는 모양이었다. 그가 경철을 바라보았다.

"나머지 여자 둘한테도 박삼이가 감시를 붙여 놓은 데다 겁을 되게 주었으니까 별일 없을 거요."

그렇다면 남은 건 룸살롱의 지배인과 웨이터. 그리고 호텔 종업원 둘이다. 경철이 머리를 들었다. 사무실의 벽시계가 밤 12시 반을 가리키고 있었다.

"증인을 너무 많이 벌려 놓았어."

"내가 멍청한 짓을 한 것 같소. 많을수록 좋은 것 같았거든."

정팔호가 눈을 치켜떴다.

"고춘태가 달려들 줄은 생각도 못했단 말이요"

조봉원의 심복 차수일이 최영수에게 잡혀간 것은 사흘 전이었다. 그때부터 조봉원은 전전긍긍하면서 지내다가 어제 오후에는 결국 경철의 지시를 받고 서울로 철수했다. 그래서 동경클럽은 무주공산이 되었으니 고춘태에게는 경철을 제거 하는 일밖에 남지 않았다.

"빌어먹을, 일이 한꺼번에 터져서 골이 아프구만."

정팔호가 머리칼을 움켜쥐며 말했다. 안상준의 습격과 고춘태에게 동경클럽의 내막이 발각된 것을 말하는 것이다. 차수일이 조봉원과 정팔호가 친구 사이라는 것을 실토했었다고 봐야 할 것이다. 그러면 경철이 홍병규를 습격했다는 결론이 당연하게 나온다. 한동안 벽을 바라보던 경철이 전화기를 들었다.

"누구한테 하시려고?"

머리칼이 까치집처럼 헝클어진 정팔호가 물었으나 경철은 대답하지 않았다.

유천상이 들어서자 응접실에 있던 사내 세 명이 긴장해서 일어섰다.

"별일 없습니다."

사내 하나가 묻지도 않았는데 보고를 했다.

"지금 술 먹고 잡니다."

수원성 근처에 있는 30평형 아파트 안이었다. 이곳은 고춘태의 임시 숙소로 그가 여자와 데이트 할 때 주로 이용했다. 소파에 앉은 유천상이 턱으로 탁자를 가리켰다.

"야, 술병들 치워라."

사내들이 허겁지겁 달려들더니 탁자 위에 어지럽게 놓인 술병과 안주를 치웠다. 그들은 유천상이 올 줄 몰랐던 것이다. 새벽 1시 10분이었다. 입을 쩍 벌리며 하품을 한 유천상이 아직도 엉거주춤 서 있는 사내들을 둘러보았다.

"야, 교대로 하나씩 보초를 서도록 해라. 세 놈이 다 앉아 있을 수는 없지 않아?"

"예, 형님"

세 사내가 일제히 대답했다. 그들에게 유천상은 고춘태보다도 어려운 존재였던 것이다. 고춘태는 말단 부하에 대해서는 거의 상관을 하지 않는 성격이어서 삐딱한 놈들은 대개 유천상에게 터졌다. 유천상은 5년 째 고춘태의 그림자 역할을 하고 있었는데 성격이 잔인했고 회칼을 잘 썼다. 합기도나 무술의 유단자로 날리는 사내들도 그가 회칼을 그어대면 속절없이 찢기고 잘라져서 처참한 꼴이 되기도 했다. 한 마디로 그는 칼잡이였던 것이다. 유천상이 힐끗 건넌방을 바라보았다. 방 안에는 경철이 숙박했다는 수원호텔의 종업원이 잡혀 있는 것이다.

"이제 몇 시간만 잡아 놓으면 돼. 내일 아침에는 넘길 테니까."

그 시간에 고춘태는 동양건설의 전무이자 심복인 정호열과 술을 마시는 중이었다. 선더호텔 9층의 스위트룸은 80평쯤의 규모여서 서울 특급호텔 특실 못지않았다. 헤네시 코냑 잔을 든 고춘태가 붉어진 얼굴을 펴고 웃었다.

"권명환이가 열세에 몰린걸 알면 오늘밤 안에 일을 벌일 거야."

"조금 일찍 알려줘서 계획을 세울 시간을 넉넉히 주는 것이 낫지 않을까요?"

"그렇지."

머리를 끄덕인 고춘태가 코냑을 한 모금 삼켰다.

"최광철이는 9시에 만나기로 했으니까 10시쯤 권명환이한테 정보가 들어가도록 하면 되겠다."

"최광철이가 그 호텔 종업원을 곧장 경찰서로 끌고 갈까요?"

"아냐, 그러면 생색이 안나."

고춘태가 정색하고 머리를 저었다.

"내가 최광철이라면 그 종업원을 총회에 데리고 나가겠다. 그래서 간부들한테 종업원의 진술을 듣게 한 다음에 야차 그놈을 직접 치든지 아니면 종업원을 경찰에 넘기든 지를 택일 할 거야."

"과연."

정호열이 감탄한 표정으로 머리를 끄덕였다.

"간부총회의 주도권을 최광철이 잡게 되겠습니다."

"그렇게 되면 권명환은 은퇴해야 되겠지."

"칠까요?"

"경찰이 신경을 곤두세우고 있어. 가만있지는 않을 거야."

소파에 등을 붙인 고춘태가 눈을 가늘게 뜨고 정호열을 보았다.

"만일 최광철이 당했을 때는 어떻게 될 것 같나?"

"그야 물론."

했다가 정호열이 정색하고 술잔을 내려놓았다.

"회장님, 그렇다면…"

"이번 기회에 두 놈 다 제거한다."

"어, 어떻게 말입니까?"

"두 놈이 집안싸움할 때까지 기다렸다가 이긴 놈을 뒤에서 치면 돼."

"그, 그렇군요."

"모두 저희들끼리 붙었다가 그렇게 된 줄 알 거다."

"당연하지요."

"야차 그놈까지 셋을 모조리 없애는 거다. 야차 그놈은 증인을 경찰에 보내는 것으로 정리하는 것이 나을 거야."

말을 그친 고춘태가 잔에 술을 따랐다. 만족한 표정이었다.

"머리를 잃은 영동회는 사흘 안에 흡수할 수가 있어. 이제 수원은 통일된다."

그때였다. 이마에 찬바람이 닿았으므로 정호열은 머리를 들었다. 옆쪽 베란다의 커튼이 조금 흔들리고 있었다.

"오늘 하루가 대단히 중요한 날이야."

고춘태의 말에 정호열이 머리를 돌린 순간이었다. 강한 찬바람이 얼굴에 닿은 것 같더니 정호열은 뒷머리에 충격을 받고는 소파위로 벌렁 쓰러졌다. 그러나 치켜뜬 눈앞의 광경은 다 보였다. 사내는 방한 마스크를 쓰고 있어서 눈만 드러났다. 1미터 80이 훨씬 넘는 장신에 건장한 체격이었는데 검정색 점퍼와 바지 차림이다. 정호열을 한 주먹에 때려눕힌 사내가 바짝 다가섰을 때 고춘태는 이미 술잔을 내던지고 일어나 있었다. 그러나 너무 급작스러운데다가 그로서는 처음 당하는 상황이다. 그는 아직 사태 판단을 못했기에 문밖 복도에 있는 부하들을 부르지 않았다. 그럴 여유가 없었기도 했을 것이다.

"이, 이 새끼."

갈라진 목소리로 말한 고춘태가 다시 숨을 들이키며 입을 쩍 벌렸다. 앞쪽에서 팔다리를 늘어뜨린 채 쓰러져 있던 정호열은 고춘태가 밖의 부하들을 부르는 고함소리를 기대했다. 그 순간 사내가 바람처럼 다가갔고 고춘태는 주먹을 날렸다. 두 사람 모두 재빨랐는데 고춘태는 주먹과 팔꿈치로 사내의 몸통을 두 번이나 쳤으나 모두 빗나갔다.

"헉!"

하는 신음소리가 울렸을 때 정호열은 크게 떴던 눈을 서너 번 껌벅였다. 고춘태가 경직된 표정으로 주저앉는 중이었던 것이다. 그러나 사내의 무엇으로 어디를 맞았는지 눈도 깜박하지 않고 있었는데도 보이지 않았다. 고춘태가 소파의 팔걸이에 상반신을 걸치면서 쓰러졌다. 그도 눈을 치켜뜨고 있었다. 사내가 그들을 바라볼 수 있는 중간위치에 섰다.

"다 들었다. 고춘태."

사내의 마스크 속에서 목소리가 흘러 나왔을 때 정호열은 그가 야차인 것을 확신했다. 그놈밖에 없다. 고춘태는 머리를 겨우 들었지만 입가에서 침이 흘러내렸다. 그도 말을 할 수가 없는 처지였는지 눈만 크게 뜨고 있었다.

"나도 이제는 이 세계를 알겠어, 일 년 만에 거의 다 깨달은 것 같아."

사내의 목소리는 차분히 가라앉아 있었지만 시선이 옮겨져 왔을 때는 정호열의 온몸이 굳어졌다. 사내가 그에게로 한 걸음 다가섰다.

"고춘태가 없어지면 당연히 네가 그 자리를 물려받겠지? 정호열."

사내가 마스크를 밑쪽에서부터 당겨 벗자 얼굴이 드러났다. 김경철이다. 두 사람 모두 직접 대면한 적은 없지만 이미 사진으로 눈에 익은 얼굴이었다. 경철이 턱으로 고춘태를 가리켰다.

"저놈이 안상준하고 짜고서 박 회장을 습격시킨 것을 너도 잘 알겠지. 안상준은 처치했으니 이제 저놈만 남았다."

정호열의 얼굴에서 땀이 배어 나왔다. 경철의 의도를 알 수가 없는 데다 바로 앞쪽에 기대고 있는 고춘태의 시선이 거북했기 때문이다. 경철의 목소리가 강해졌다.

"선택해라. 정호열. 고춘태하고 같이 죽을 거냐? 아니면 고춘태를 네 손으로 제거하고 일인자가 되겠느냐?"

눈을 부릅뜬 고춘태가 겨우 머리를 좌우로 흔들었지만 늘어진 사지는 꼼짝도 안했고 딱 벌어진 입에서도 갈라진 숨소리만 났다. 정호열이 경철의 시선을 받고는 머리를 저었다. 뱃심이 좋다는 말을 들어 온 정호열이었지만 이런 공포감을 느끼기는 처음이었다. 그러자 경철이 머리를 끄덕였다.

"의리를 지키겠다는 말이군. 그럼 너희 두 놈을 다 베란다에서 내던지기로 하지. 술에 취해서 실수로 떨어진 것처럼 말이야."

경철이 탁자 위에 놓인 코냑 병을 쥐더니 고춘태한테로 다가가 한 손으로 코를 쥐었다. 고춘태로서는 불가항력이었다. 10초도 안 되었을 때 입이 딱 벌어진 고춘태의 입에 술병이 박히면서 콸콸 코냑이 쏟아져 들어갔다. 반병쯤 남아있던 술을 단숨에 쏟아 넣은 경철이 빈 병을 탁자 위에 내려놓았다. 그리고는 선반에 놓인 죠니 워커 병을 집어 오더니 마개를 뜯었다.

"술에 취해 떨어지면 고통은 덜해질 것이다."

경철은 공포에 질려 무섭게 일그러진 고춘태의 입안에 다시 죠니 워커를 쏟아 부었다 9층 베란다 아래쪽은 시멘트 바닥이었다. 술을 반병쯤 쏟아 넣은 경철이 허리를 펴고는 정호열을 보았다. 전혀 표정이 없는 얼굴이어서 정호열의 온몸에서 소름이 돋아났다.
"너도 한 병은 뱃속에 넣어주마."
그때 정호열이 머리를 커다랗게 상하로 끄덕였으므로 경철이 다가섰다.
"무슨 뜻이냐? 배속에 술을 넣겠다는 뜻이냐?"
그러자 정호열이 머리를 흔들었다.
"그럼 네가 고춘태를 던지겠다는 거냐?"
비 오듯 땀을 쏟으면서 정호열이 머리를 끄덕였고 그 순간 앞쪽의 고춘태가 입으로 야릇한 신음소리를 뱉었다. 그는 눈을 부릅뜨고 정호열을 노려보았으나 이미 술기운이 퍼져서 눈빛이 희미했다. 경철이 입술을 비틀고 웃었다.
"수작을 부리면 같이 떨어뜨린다."
다시 정호열이 머리를 끄덕이자 경철은 정색했다.
"좋다. 베란다까지 나가자."
경철이 번쩍 고춘태의 몸을 안아 들었을 때 고춘태는 울었다. 그는 간절한 시선으로 경철을 보면서 입을 벌리더니 머리를 좌우로 자꾸 저었다. 그것이 살려달라는 표시 같기도 했지만 경철은 고춘태의 몸을 베란다의 난간에 걸쳐놓았다. 상반신이 밖으로 늘어진 자세여서 하반신만 들면 그대로 떨어지게 될 것이다. 다시 정호열을 안아 고춘태의 옆에 내려놓은 경철이 다짐하듯 말했다.
"네 몸을 풀어줄 테니 고춘태의 다리를 들어 밖으로 던져라. 하겠느냐?"

정호열이 정신없이 머리를 끄덕였다.

"소리를 지르거나 반항하면 주먹 한방에 널 죽여 떨어뜨린다. 알고 있겠지?"

다시 정호열이 머리를 끄덕이자 경철이 바짝 다가섰다.

"네가 제일회장이 되면 나하고 할 일이 많아. 짐작할 수 있겠지?"

그리고는 경철이 정호열의 목울대를 두 손가락으로 잡아 비틀었다. 그러자 한 움큼의 위액을 쏟아낸 정호열의 입에서 신음소리가 뱉어졌다. 목소리가 나온 것이다.

"아직 목만 뚫었다. 대답해라."

"짐작할 수 있소."

갈라진 목소리로 대답한 정호열이 잔기침을 했다. 그러나 몸은 아직도 손 끝 하나 까닥 할 수가 없다.

"자, 네 몸을 풀테니 고춘태를 집어 던져라."

경철이 말하고는 정호열을 잡아 올려 뒷머리 급소를 가볍게 쳤다. 배국청에게서 배운 내공 법으로 전신의 36개소 급소를 쳐서 막거나 뚫리게 할 수 있는 것이다. 뒷머리를 맞은 정호열이 털썩 상반신을 숙이더니 곧 천천히 두 팔로 베란다 바닥을 받치면서 몸을 세웠다. 그리고는 옆쪽으로 비켜선 경철을 보았다. 정호열이 다리를 펴고 일어섰을 때 경철은 벽에 붙어 서 있었다.

"자, 어서."

경철의 재촉을 받은 정호열이 베란다에 상반신을 늘어뜨리고 있는 고춘태의 뒤로 다가 가서 섰다. 고춘태의 입에서 가쁜 숨소리와 함께 희미한 신음소리가 났다. 그리고는 머리를 자꾸 좌우로 흔들었다. 귀와 눈은 뚫려 있어서 모두 듣고 있었던 것이다. 고춘태의 뒤로 다가선 정호열은 망설이지 않았다. 고춘태의 다리를 두 손으로 잡자마자 번쩍 치켜들더니 두 손을 놓았다. 그것으로 끝이었다. 2초쯤이 지났을 때 아래쪽 시멘트 바닥에 부딪치는 충격음이 울렸고 정호열은 이마의 땀을 손등으로 씻었다.

"떠나기 전에 이쪽을 보아라."

경철이 말하자 정호열은 그에게로 머리를 돌렸다. 그리고는 눈을 부릅떴다. 경철이 서 있는 쪽의 902호실 베란다에 한 사내가 서 있었던 것이다. 그는 손에 비디오카메라를 들고 있었는데 정호열의 시선을 받고는 빙긋 웃었다.

"네 행동을 다 찍어 놓았어. 그러니 쓸데없는 수작은 생각도 말어."

경철이 902호실 쪽의 홈통에 손을 뻗으며 말했다.

"1분쯤 후에 회장이 떨어졌다고 부하들을 부르도록 해."

최광철이 고춘태의 사고 소식을 들은 것은 아침 6시경이었다. 미도 클럽의 숙소에서 자고 있던 그를 송준수가 깨운 것이다. 송준수의 목소리가 수화기를 울렸다.

"형님, 고춘태가 호텔 베란다에서 떨어져 죽었습니다."

아직 잠에서 덜 깬 최광철이 그 말에 소스라치게 놀라 벌떡 일어났다.

"떨어져 죽다니?"

"술에 엉망으로 취했답니다. 같이 있던 정호열이 경찰에서 그렇게 증언했다고 합니다."

"정호열이…?"

눈을 부릅뜬 최광철이 전화기를 고쳐 쥐었다.

"언제 말이냐?"

"오늘 새벽 2시경입니다. 고춘태는 지금 성심병원 영안실에 있습니다."

"알았어."

최광철은 고춘태와의 비밀 회동을 아직 송준수한테도 말해 주지 않았다. 고춘태의 도움을 받았다는 것이 알려지면 득될 것이 없었기 때문이다. 그래서 송준수의 느긋한 목소리가 귀를 울렸을 때 비꼬는 것처럼 들렸다.

"요즘 왜 이렇지요? 그쪽도 무슨 일이 있는 게 아닐까요?"

"정호열은 지금 병원에 있나?"

"그건 모릅니다."

"어쨌든 넌 당장 이리로 와."

전화기를 내려놓은 최광철은 이를 악물고 앞쪽을 노려보았다. 멀정했던 고춘태가 헤어진지 세 시간도 안 되어서 추락사 했다는 사실이 믿어지지 않았다. 이로써 고춘태의 협조로 내일 간부총회에서 일거에 권명환을 밀어내려던 계획이 흔들리게 되었다. 그 호텔 종업원을 넘겨받을 길이 막막하기만 했기 때문이다.

눈이 빨갛게 충혈 된 유천상이 영안실 옆의 주차장에 서있는 정호열에게 다가선 것은 오전 10시경이었다. 고춘태의 사인에 대한 조사를 마치고 정호열이 다시 영안실로 돌아온 것이다.

"전무님, 여쭤볼 말씀이 있습니다."
유천상의 말에 정호열이 핏발선 시선을 들었다.
"뭐냐?"
"저, 아파트에 잡아 놓은 놈을 돌려보내라고 지시하셨습니까?"
"그렇다."
발을 뗀 정호열이 한 떼의 수행원을 이끌고 영안실로 다가갔다. 그가 옆으로 따라붙는 유천상을 힐끗 바라보았다.
"돌아가신 회장께서 그놈을 잡고 어떤 일을 하시려고 했는지 아무도 모르더군. 어쨌든 이런 상황에서 그놈을 잡고 있는 것은 조직에 부담만 줄 뿐이야."
"알겠습니다. 전무님."
"네 심정은 안다."
정호열이 손을 뻗어 유천상의 어깨를 짚었다.
"나도 비통하다. 지금 내가 어떻게 해야 할지 막막해."
말은 그렇게 했지만 정호열의 대응은 눈부시게 빨랐다. 그는 고춘태가 영안실로 실려간지 한 시간 반 후에 간부회의를 소집했고 30분 만에 만장일치로 제일회의 후임 회장으로 선출되었다. 그리고 그는 아침 6시에 아파트로 직접 전화를 걸어 보호하고 있던 호텔 종업원을 돌려보내라고 지시한 것이다. 영안실 안에서 발을 멈춘 유천상은 안으로 들어서는 정호열의 뒷모습을 바라보았다. 문상객들에게 둘러싸인 그에게 이미 회장의 권위가 풍겨나고 있었.

"사장님은 어디 가셨나?"

정팔호가 묻자 박삼이 손목시계를 내려다보았다. 오전 10시 10분이었다.

"지금 누굴 만나고 계실 건디요."

"누군데?"

"그건 난중에 말씀 디리지요."

"왜? 나한테도 숨기는 일이 있냐?"

"아따, 무신 말씀을 그러코롬 박절허게 허시요? 난중에 말씀 디린다고 허지 않았습니까?"

박삼이 눈을 세모나게 떴다. 빠찡코의 사무실 안이었다. 눈을 부릅뜨며 박삼의 시선을 잡았던 정팔호가 헛웃음을 쳤다.

"내가 이래뵈도 사장님 오른팔이다. 사장님이 서울로 나를 세 번이나 찾아와서는 같이 일하자고 해서 따라 내려 왔다는 건 너도 잘 알고 있을텐데."

"세 번 찾아갔다는 말은 첨 듣는디요."

"내가 창립공신이란 말이다."

얼굴을 일그러뜨린 정팔호가 탁자 건너편의 박삼에게 바짝 상반신을 굽혔다.

"네놈이 요즘 사장님하고 붙어 다니면서 어깨에 힘주는데 그것까지는 좋아. 하지만 지금 사장님이 어디 가셨는지는 꼭 알아야겠다."

경철이 전화로 박삼을 불러내는 것을 이 자리에서 들은 정팔호였다. 그리고서 경철은 정팔호를 남겨두고 사무실을 나갔는데 새벽 네 시쯤 되었을 때 눈을 떠보니 경철은 소파에서 자고 있었다. 그리고 나서 아침 7시 반쯤에 정팔호는 고춘태가 호텔 베란다에서 떨어져 죽었다는 소식을 들은 것이다. 놀란 정팔호는 경철을 깨우려다가 그만 두었다. 경철에게 조금 서운한 감정이 일어났기 때문이다. 고춘태를 처리 한 것은 경철이 틀림없었고 그렇다면 자고 있던 자신을 깨워 그 기쁨을 당연하게 같이 나눴어야 했다. 그리고 8시쯤 일어난 경철은 정팔호로부터 고춘태의 사고 소식을 듣더니 그냥 머리만을 끄덕였다. 그러니 정팔호가 소외된 기분이 안 들 리가 없었다. 경철이 9시쯤 다시 나가자 교대하듯 들어온 박삼을 화풀이겸 들볶는 것이다.

"너, 오늘 새벽에 사장님하고 같이 있었지?"

하고 정팔호가 추궁하듯 물었을 때 박삼도 어깨를 폈다.

"이 양반이 증말로 무슨 소리를 허는 거여?"

박삼이 눈을 부릅떴다.

"사장님은 인지까지 사무실에 기시다가 아까 9시에 나가셨는디. 형님허고 내동 같이 기셨잖여?"

그 순간 정팔호가 아차하는 표정이 되더니 커다랗게 머리를 끄덕였다.

"그래, 그래… 그건 어제 였었지."

도청기술이 발달된 세상이라 직원 한 명짜리 심부름센터도 고성능 도청기로 어지간한 대화는 다 듣는다. 당황한 정팔호가 헛기침을 했다.

"사장님은 어젯밤 10시부터 나하고 쭉 같이 계셨지. 내가 소주를 너무 많이 마셨나보다."

그는 경철을 향해 존칭을 쓰고 있었는데 언제부터인지는 본인도 몰랐다.

　권명환은 앞에 앉은 경철을 바라본 채 한동안 입을 열지 않았다. 수원 교외의 국도 변에 세워진 카페 안이었다. 근처에 여러 개의 카페와 러브호텔이 세워져 있는 이곳은 권명환의 세력권 안이었다. 카페 안에는 종업원도 보이지 않았고 손님도 그들 두 사람 뿐이었다. 주차장에는 권명환과 경철이 타고 온 승용차 두 대에는 각각 운전사만 한 사람씩 앉아 있었다. 권명환이 물 잔을 들어 한 모금을 삼키고는 내려놓았다. 그는 경철이 영동회의 신입회원이 되었을 때 이미 안상준에 이어 제3인자였던 인물이다. 박종필이 습격을 받아 물러났을 때 권명환은 나름대로 세력이 있었지만 군말 없이 안상준에게 충성을 맹세하고 제2인자가 되었다. 그러나 안상준이 병신이 되고 나서 그가 해 왔던 것처럼 순리대로 일이 진행되지 않았다. 최광철은 일전을 불사할 각오를 하고 달려드는 중이었다. 그래서 조직의 분위기는 흉흉했으며 내일의 간부총회에서 최광철이 밀린다면 전쟁이 일어날 것이라는 소문도 떠돌았다. 이윽고 경철의 시선을 받은 권명환이 입을 열었다.
　"우선 내가 그쪽을 어떻게 불러야 할지 그것부터 정하는 게 좋겠는데…."
　그가 조심스런 시선으로 경철을 보았다.
　"거긴 이미 거물이 되었어. 내가 알기로는 거긴 영동회와 제일회의 회장 모두를 제거한 사람이니까. 그것도 겨우 며칠 만에."
　"그럼 나도 회장 한번 해 볼까요?"

정색한 경철이 권명환을 바라보았다.

"청모회의 회장으로."

"청모회는 무슨 뜻이오?"

"맑은 청(淸)에 어머니 모(母)자니까 해석해 보시지요."

"괜찮은 뜻이로군."

본래 배국청이 이름 붙인 청모(靑毛)골은 푸른 털이었다. 골짜기에 난 우거진 삼림을 그렇게 표현한 것이다. 권명환이 머리를 끄덕이며 다시 조심스런 표정이 되었다.

"그럼 김 회장, 날 보자고 한 이유나 들어봅시다."

"영동회는 권 이사가 장악하도록 해 드리지요."

그러자 권명환이 쓴웃음을 지었다.

"어떻게 말이오?"

"최광철은 고춘태의 도움을 받아서 영동회를 장악하려고 했지요. 고춘태하고 협상을 했던 겁니다."

"그럴 만한 놈들이지."

얼굴을 굳힌 권명환이 머리를 끄덕였다.

"고춘태가 고용한 놈들이 박 회장을 습격한 거요. 나는 관계하지 않았어."

"……."

"안상준은 최광철과 송준수를 시켜 돕게 했고 나는 나중에야 눈치를 챘소."

경철이 퍼뜩 시선을 들어 권명환을 보았다. 나중에 눈치를 챘다지만 권명환은 안상준의 체제에서 군말 없이 충성해온 사람이다. 권명환이 혀끝으로 입술을 적셨다. 초조한 표정이었다.

"김 회장, 날 어떻게 도와주시겠다는 거요?"

"최광철이 고춘태의 도움을 받으려다가 계획이 깨졌다고 했지요?"

"그렇소."

"그럼 나는 권 이사가 지금 제일회장이 된 정 회장의 도움을 받아 대권을 잡도록 해 드리지요."

그러자 권명환이 눈을 여러 번 껌벅이며 경철을 보았다. 생각을 짜내는 표정이다.

"그럼 김 회장이 정 회장한테…."

겨우 권명환이 그렇게 말했으나 경철이 정색하고 머리를 끄덕였다.

"정 회장은 내 부탁을 들어줄 겁니다."

그것은 정호열이 경철의 말대로 움직인다는 뜻이며 곧 정호열이 경철의 지원을 받아 대권을 잡았다는 뜻으로도 해석될 수가 있는 것이다. 이윽고 권명환이 입을 열었다.

"한때는 같은 식구였으니 실없이 허세는 부리지 않겠소. 하지만 지금 형세는 나한테 불리하지 않습니다. 이건 김 회장 덕분이기도 하지만 말입니다. 호의는 고맙지만 사양하겠습니다."

최광철은 유천상과 안면은 있었지만 마주 앉은 것은 처음이다. 수원 외곽에 있는 태평장 여관은 최광철의 임시 아지트였다. 수염이 꺼칠한 최광철이 역시 눈이 충혈 되고 셔츠가 구겨진 모습의 유천상을 바라보았다.

"정호열이 그놈을 풀어준 이유가 뭐라고 했어?"

"조직에 부담을 주지 않으려고 했답니다."

유천상이 어깨를 늘어뜨리며 말했다.

"다른 조직의 일에 나설 여유가 없다는 말이지요. 그놈은 풀려난 다음에 사라져 버렸습니다."

"정호열이 그놈이."

이를 악물었던 최광철이 담배를 부러뜨리며 껐다.

"그 새끼가 내 일에 고춧가루를 뿌리려는 건가?"

"우리 회장님은 술에 취해서 베란다 밖으로 떨어질 분이 아닙니다."

"그럼 정호열이 그랬단 말이야? 경찰에서도 실족사로 사인이 났지 않어?"

"박종필의 사건에 관련된 안 회장과 고 회장이 차례로 당했습니다."

유광철이 핏발 선 눈으로 최광철을 보았다.

"김경철이 호텔에서 잤다는 건 거짓말이었습니다. 그리고 그놈 파트너였다는 계집애도 돈을 받고 거짓 증언을 한 겁니다. 이제 증인들은 모두 도망쳐서 김경철을 잡기 힘들 게 되었어요."

"그걸 누가 모르냐? 나도 고 회장 사건소식을 듣고 맨 먼저 그놈부터 의심했지만 현장에는 정호열이 있었다지 않어? 정호열이 고회장을 죽일만한 배짱이 있는 놈인가?"

그 말에 유천상은 길게 숨을 뱉었다. 그도 같은 생각을 하고 있었던 것이 분명했다. 최광철이 벽시계를 올려다보았다. 오후 5시10분이었다.

"고 회장의 말을 믿고 만들어 놓았던 계획이 말짱 헛것이 되었어. 내일 권명환이를 누르려면 열댓 명을 더 포섭해야 돼."

두 손을 펼쳐 보인 최광철이 쓴웃음을 지었다.

"현재로서는 막상막하야. 오늘밤 몇 명을 더 내 편으로 만드느냐 는 것에 내 인생이 달려있어."

"난 이제 제일회를 떠난 몸입니다. 정호열은 나한테 자리도 주지 않을 것이고 나 또한 그럴 마음도 없어요."

정색한 유천상이 말을 이었다.

"서울로 올라가기 전에 나한테 일감이나 하나 주시죠. 한 몫 챙기 고 올라가고 싶은데요."

최광철이 그럴 줄 알았다는 표정으로 머리를 끄덕였다.

"하긴 정호열 밑에서는 배겨나기 힘들겠지. 하지만 마땅한 일감이 갑자기 만들어질 것 같지가 않아."

"김경철이 그놈 보다 내일 일에 대해서 말입니다."

바짝 상반신을 가깝게 댄 유천상이 은근하게 물었다.

"그냥 투표만 하도록 내버려 두실 겁니까?"

"그게 무슨 말이야?"

"지금 상황에서 승산이 있습니까?"

"막상막하라고 했지 않아?"

그러자 유천상이 목소리를 더 낮췄다.

"다른 상황으로 만들어 보시는 게 어떻습니까? 이를테면 전시상황 으로."

긴장한 최광철이 눈만 껌벅였고 유천상의 말이 이어졌다.

"그렇게 되면 최 부장님에 대한 평가가 달라질 것 같은데요."
"지금도 전시나 같아."
했지만 최광철의 시선은 유천상에게서 떠나지 않았다. 무언가를 생각하는 얼굴이었다.

"박재구가 습격을 당했습니다."
송준수가 부하의 보고를 받은 것은 저녁 8시 경이었다. 클럽 근처의 식당에서 저녁을 먹고 있던 그에게로 부하가 달려온 것이다. 수저를 내려놓은 그가 앞에 선 부하를 쏘아 보았다.
"누구한테?"
"갑자기 당해서 얼굴은 보지 못했답니다."
"병신같은 놈. 어떻게 되었는데?"
"갈비가 세 대 나갔고 턱뼈에 금이 갔습니다."
송준수는 갈비탕을 반도 못 먹고 식당을 나왔다. 박재구는 미도 클럽의 경리계장으로 송준수의 직속 부하인 것이다.
"형님, 혹시 권 이사 쪽에서 한 짓이 아닐까요?"
옆으로 따라붙은 부하가 묻자 송준수는 머리를 한 쪽으로 기울였다. 그가 겪어본 권명환은 이럴 성격이 아니었다. 그러나 박재구가 내일 열리는 간부회의 참석자이긴 했다. 송준수가 미도 클럽의 안쪽 사무실로 들어섰을 때였다. 사무실에 모여 있던 부하들이 그를 보더니 일제히 일어섰는데 분위기가 굳어져 있었다. 부하 하나가 그에게로 다가와 섰다.
"형님, 조금 전에 아파치의 고동우가 당했습니다."

송준수가 눈을 부릅떴다. 고동우는 아파치 클럽 지배인으로 어제서야 겨우 이쪽으로 끌어들인 간부단의 일원이다.

"어디서, 누구한테 말이냐?"

"습격을 당해서 누군지는 모른다고 합니다. 가게 앞 골목에서 당했는데 머리가 깨졌습니다."

"이런 쌍!"

이제는 송준수도 권명환의 소행일지도 모른다는 의심이 들었다. 두 명이나 이쪽 간부들을 습격할 조직은 권명환 밖에 없는 것이다. 그때 전화벨이 울리더니 곧 부하 하나가 송준수에게 전화기를 내밀었다.

"형님, 부장님이십니다."

송준수는 전화기를 귀에 붙였다.

"예, 접니다."

"너, 보고 들었지?"

카랑카랑한 목소리로 최광철이 대뜸 물었다.

"박재구하고 고동우가 당했다는 거 말이다."

"예, 방금 들었습니다."

"당장 애들을 비상소집 시켜."

"알겠습니다. 형님."

"권명환이 내일 밀릴 것 같으니까 우리 쪽 간부들을 치는 거야. 벌써 둘이나 잃었다."

"제 생각도 그렇습니다만, 형님."

"뭐냐?"

"뭔가 미심쩍은데요. 권 이사가 이렇게 나오라고는."
"이 자식아, 내일 밥줄이 끊겨서 쪽박 차고 쫓겨날지도 모르는 상황이란 말이다. 눈이 뒤집혔는지도 모른다."
최광철이 소리치듯 말했다.
"10분 안에 내가 그쪽으로 간다. 그때까지 소집시켜."
그리고는 전화가 끊겼으므로 송준수가 부하들을 둘러보며 소리쳤다.
"비상소집이다! 10분 안에 모두 이곳으로 모이도록 해!"

"비상 소집이라구?"
루비 빠찡코의 사무실에 앉아있던 권명환이 눈을 둥그렇게 뜨고 부하를 올려다보았다.
"무슨 일이라더냐?"
"미도 클럽 박재구하고 아파치 클럽 고동우가 당했답니다. 갑자기 습격을 받아 둘 다 병원에 실려 갔다는데요."
부하가 조금 불안한 표정으로 말했다.
"그래서 최 부장이 지금 미도에 애들을 모아놓고 있습니다."
"누구한테 당했다는 거야?"
"그것이…."
힐끗 권명환이 눈치를 본 부하가 얼굴이 굳어졌다.
"이사님이 시킨 일이라고 합니다."
"내가?"
눈을 치켜뜬 권명환이 입술을 비틀며 웃었다.

"최광철이 그 새끼가 눈이 뒤집혔군 그래. 내가 그 새끼들을 습격했다구?"

"내일 간부회의 때 승산이 없으니까 일을 벌였다고 합니다."

"그 소리, 누구한테 들었어?"

"그쪽 놈들한테 소문이 다 퍼졌습니다."

"이 자식이 음모를 꾸미는군."

이를 악물었던 권명환이 앞쪽을 노려보더니 머리를 들었다.

"간부들을 불러"

"예, 이사님."

"잠깐만."

권명환이 서둘러 나가는 부하를 불러 세웠다.

"호들갑스럽게 굴지 마라. 그냥 상의 할 일이 있다고 오라고 해. 우리는 비상소집이 아니다."

부하는 권명환의 심복으로 루비 빠찡코의 영업부장 탁정섭이다. 그가 이맛살을 찌푸리고 권명환을 보았다. 뭔가 불만인 표정이었다.

"이사님, 그러다가 저쪽이 치고 오면 어떻게 합니까?"

"그렇게는 못해."

권명환이 쓴웃음을 지었다.

"그렇게 되면 최광철이 저도 망한다."

부하가 방을 나가자 권명환은 전화기를 들면서 손목시계를 보았다. 8시 40분이 되어가고 있었다.

전화기를 내려놓은 경철이 앞에 앉은 정팔호를 바라보았다.

"영동회가 두 쪽으로 나뉘어져 전쟁을 일으키려고 하는군"

"누구한테서 온 전화지요?"

정팔호가 묻자 경철이 자리에서 일어나며 눈짓을 했다. 눈치를 챈 정팔호가 말없이 따라 일어섰다. 그들은 빠찡코의 사무실을 나와 창고 앞에서 마주보고 섰다.

"최광철측 간부급 두 명이 습격을 받았어. 최광철은 그것이 권명환의 짓이라면서 전쟁준비에 들어갔어."

"그놈들 곧 망하겠소."

정팔호의 표정이 느긋해졌다.

"우리한테 해 될 것이 없지 않습니까?"

"간부급 투표에서는 권명환이 이길지 몰라도 전쟁을 하면 최광철한테 밀려."

"전쟁이 끝나면 세력이 줄어듭니다. 우리한테 기회가 거저 온 거요."

그러자 경철이 머리를 저었다.

"오늘 오전에 권명환을 만났어. 권명환은 내가 도와주겠다고 했더니 거절하더군. 그런데 조금 전에 전화가 왔어. 전쟁을 막을 방법이 없겠느냐고 물어보더군."

놀란듯 눈을 크게 뜬 정팔호가 바짝 다가섰다.

"권명환을 만났단 말이오? 그런데 왜 그놈을 도우려고 합니까?"

"영동회를 장악하려고."

경철이 무표정한 얼굴로 정팔호를 보았다.

"제일회는 장악되었다고 봐도 될 거야."

"그, 그러면…."

침을 삼킨 정팔호가 여러 번 눈을 껌벅이더니 갈라진 목소리로 물었다.

"사장, 그럼 오늘 새벽에 고춘태는…."

"그건 몰라도 돼."

차갑게 말을 자른 경철이 말을 이었다.

"최광철과 송준수 두 놈은 박 회장을 습격한 주동자들이야. 그 두 놈은 회장님의 살해에도 직접 가담한 것이 틀림없어. 오늘밤에 최광철부터 없애겠다."

"어, 어떻게 말이오?"

"사람을 시켜서 먼저 경찰에 신고를 해. 영동회가 두 패로 나뉘어서 전쟁을 일으키려 한다고 말이야."

"우선 전쟁을 막는단 말이지요."

"그래, 권명환은 당황하고 있는 모양이다. 최광철은 부하들을 모두 끌어 들여서 전쟁준비를 마쳤는데 권명환은 간부들만 겨우 모아 놓고 나한테 은밀하게 전화를 해 왔어."

"병신같이, 겁이 난 겁니까?"

"이길 자신이 없는 모양이야."

"그러니까 사람은 일에 닥쳐봐야 알 수 있다니까요."

"서둘러."

"알았습니다. 열 명쯤 시켜서 경찰서 전화통이 불이나게 만들지요 출동하지 않고는 배겨나지 못 할 겁니다."

몸을 돌린 정팔호가 두 팔을 휘저으며 사무실로 돌아갔다. 온 몸에서 활기가 솟아나고 있었다.

다음날 아침에 영동회의 간부회의는 연기되었다. 최광철과 권명환의 두 조직으로 양분된 상황에서 전쟁이 일어나지 않은 것만 해도 다행이었던 것이다. 만일 경찰 기동대가 어젯밤에 미도 클럽에 들이닥치지 않았다면 전쟁이 일어났을 것이다. 경찰은 최광철의 행동대 50여 명을 일일이 검문한 다음 해산시키고는 미행까지 붙였다. 그러니 간부회의가 열릴 수도 없었던 것이다. 하지만 어젯밤의 사건으로 영동회에서 최광철의 위신은 단번에 높아졌다. 이제까지 망설이고 있던 간부들 대부분이 최광철 쪽으로 기울어졌고 권명환측에 있던 간부 몇 명은 등을 돌릴 기미까지 보였다. 이유를 막론하고 힘있는 자를 숭상하는 것이 조직사회의 전통인 것이다. 권명환의 소극적인 대응 자세가 알려진 후부터 대세가 결정났다고 봐도 되었다. 오전 10시경에 최광철은 자체 간부회의를 소집했는데 머릿수가 28명이었다. 총원이 52명인지라 이제는 과반수가 넘은 셈이다. 28명 중에는 어젯밤 사건 이후로 가담한 간부가 9명이나 되었으니 최광철은 경찰 덕분에 칼도 빼지 않고 싸움에서 이긴 셈이었다. 그가 클럽에 모여 앉은 간부들을 둘러보았다. 예상 밖의 결과여서 그도 만족한 표정이었다.

"까놓고 말해서 권명환은 영동회를 끌고 나갈 자격이 없어. 내부의 일에 경찰을 끌어들인 어젯밤의 경우를 보라구."

그의 목소리가 홀을 울렸다.

"제 놈이 먼저 일을 벌려놓고는 문제가 커질 것 같으니까 꼬리를 내린 거야."

그리고는 최광철이 쓴웃음을 지었다.

"내가 그놈 성격을 잘 알아. 뒷심이 없어서 한 번도 앞장선 적이 없어. 여러분도 알다시피 나는 박 회장 시절부터 몸으로 때운 사람이야. 영동회를 위해서 피를 한 양동이는 흘렸다구."

홀 안에 모인 간부들은 이미 최광철의 수하가 된 것이나 마찬가지였으므로 한쪽에서 투덕투덕 박수소리가 일어나자 곧 모두 따랐다. 최광철은 홀에 가득 울리는 박수소리를 들으며 얼굴에 웃음을 띠웠다. 이제는 승부는 끝난 것이나 마찬가지였던 것이다.

오전 10시 반이 되었을 때에야 시간을 낸 경철은 빠찡코 근처의 식당에서 늦은 아침식사를 했다. 이제 백대우하고도 익숙해진 터라 둘이는 마주앉아 내장탕을 먹었는데 식당 손님은 그들 둘 뿐이었다.

"일이 묘하게 되었다."

씹던 것을 삼킨 경철이 백대우를 보았다.

"최광철의 자작극이야. 권명환은 어젯밤에 한 발자국도 움직이지 않았어."

"머리가 돌이 아닌 이상 영동회 놈들도 그걸 알고 있겠지요. 하지만…"

백대우가 정색하고 경철을 보았다.

"최광철이 비상을 걸어서 전쟁준비를 할 때 권명환은 쫓아서 간부들만 은밀하게 모았다고 합니다. 그것이 결정적이었습니다."

백대우는 경철이 고춘태를 떨어뜨리는 현장에 박삼과 함께 있었다. 물론 정호열이 떨어뜨리기는 했지만 옆쪽 베란다에서 경철의 행동을 두 눈으로 지켜 본 증인이었다. 수저를 내려놓은 그가 경철에게 말했다.

"지금은 최광철의 자작극인지 아닌지는 문제가 아닙니다. 이대로 둔다면 오늘 중으로 권명환의 세력은 더 줄어들 것 같습니다."

경호원으로 배속 받은 후 백대우는 오늘 말을 길게하는 셈이었다. 머리를 끄덕인 경철이 백대우의 검은 얼굴을 보았다.

"네가 권명환에게 다녀와야겠다. 이번에는 내 제의를 거절하지 못하겠지."

"저희들한테는 차라리 잘된 일입니다. 권명환이 이 세계를 떠난다면 모를까 제의를 받아들일 것입니다."

백대우가 나간지 얼마 되지 않았을 때 식당 안으로 점퍼 차림의 사내가 들어섰는데 조민식 형사였다.

"어, 날씨가 춥군 그래."

진저리를 치는 시늉을 하면서 조민식이 멀뚱한 얼굴로 경철에게 다가왔다.

"백대우가 바쁘게 나가던데, 무슨 일 있어?"

"심부름을 보냈습니다."

앞자리에 앉은 조민식이 담배를 꺼내어 입에 물었다가 생각난 듯 담뱃갑을 경철에게 내밀었다.

"피우겠나?"

"못 피웁니다."

"백대우는 대학 2학년 때까지 날리는 축구선수였어. 그런데 필로

폰을 맞은 것이 들통 난 뒤로 인생이 바뀌었지."

담배 연기를 내뿜은 조민식이 눈을 가늘게 떴다.

"학교를 때려치우고 종로에 있는 나이트클럽에 취직했다가 곧 사고를 쳤지. 시비를 건 조폭 두 놈을 차서 중상을 입힌 거야. 한 놈은 턱뼈가 부서졌고 다른 한 놈은 내장이 파열되었어. 대단한 발길질이었지. 두 놈 다 병신이 되었으니까."

"백대우한테 관심이 많으시군요."

"김경철의 새로운 조직에 대해서 관심이 많지. 김경철에서부터."

"그래서 백대우는 어떻게 되었습니까?"

"경찰에 구속되어서 1년 반 형을 살고 석 달 전에 출감했어, 전과자가 되는 바람에 군대에는 안 가게 되었지만 서울에서 살기는 힘들어졌지. 지금도 종로의 건성파에서는 백대우를 잡으면 죽이려고 들테니까."

"알려주셔서 고맙습니다."

하면서 경철이 엉덩이를 들었을 때 조민식이 손을 들어앉으라는 시늉을 했다. 경철이 다시 앉자 조민식이 정색했다.

"이봐, 최광철을 건드리면 당장에 문제가 생겨. 조심하라구"

시선을 돌린 조민식이 밥그릇 뚜껑에다 담배를 비벼 껐다.

"수사 초점이 모두 너한테 집중되어 있단 말이야. 고춘태가 너한테 불리한 증언을 하려던 증인 두 명을 확보했다가 저 꼴이 된 것도 상부에서 알고 있어."

"저를 도와주시는 이유부터 알고 싶은데요."

경철의 말에 조민식이 빙그레 웃었다.

"왜? 내가 뭘 바라는 가를 알고 싶은 건가?"

"아닙니다. 저는 단지…."

"나는 박 회장을 그 꼴로 만든 것이 안상준과 최광철 그리고 고춘태의 합작이라는 걸 알고 있어."

조민식이 담배를 다시 물었으나 불을 붙이지는 않았다. 그러나 그는 담배 연기를 빨아들이는 시늉을 했다.

"너는 썩은 물에 뛰어든 토종 개구리 꼴이야. 썩은 물에는 오염된 잡탕 어족들이 들끓고 있지."

경철과 시선이 부딪치자 조민식이 소리 없이 웃었다.

"뭐, 나중에 시간 있을 때 다시 이야기하기로 하지."

자리에서 일어선 조민식이 목소리를 낮췄다.

"최광철은 내일 간부회의를 다시 소집할 거야. 시간은 오늘밤밖에 없는 데다 넌 감시를 받고 있어. 조심하라구"

"김경철은 빠찡코에 있습니다."

이영규 계장에게 다가선 강 형사가 말했다.

"빠찡코 앞뒤쪽 문을 감시시켜 놓았으니까 꼼짝할 수 없을 겁니다."

"그 새끼를 어떻게든 잡아넣어야 돼"

저녁을 먹고 들어온 참이라 입술이 붉게 불려진 이영규가 트림을 했다.

"그런데 조 형사는 지금 어디 있나?"

"빠찡코 건너편에 있는 커피숍에 있을 겁니다. 방금 통화를 했거든요."

이영규가 머리를 끄덕였다. 저녁 7시 반이 되어가고 있었지만 형사과 안은 떠들썩했다. 2계에서 방금 살인 피의자를 잡아왔기 때문이다. 공범 두 명과 함께 잡는 개가를 올렸으므로 과장까지 들어와 지휘를 하고 있다. 이영규가 못마땅한 시선으로 그쪽을 보더니 강 형사에게 물었다.

"이봐, 최광철은 미도 클럽에 그대로 있지?"

"예, 그놈도 나오지 않습니다. 오늘은 신고도 한 건 없고요."

"권명환이가 겁이 나서 신고를 한 거야."

입술을 비틀고 웃은 이영규가 강 형사의 어깨를 가볍게 쳤다.

"난 차 한잔 마시고 올 테니까 무슨 일 있으면 연락해."

"알겠습니다."

이영규가 형사과를 나가자 잠자코 자판을 두드리던 서 형사가 머리를 들었다.

"계장이 야차 그놈한테 왜 신경을 쓰는구만 그래."

형사계 안에서도 언제부터인가 경철을 야차라고 불렀는데 이영규 앞에서는 삼가했다. 형사 생활 20년을 거친 이영규는 불도그라는 별명에 어울리게 한 번 문 상대는 결코 놓치지 않았다. 꼭 끝장을 보는 것이다.

"이거 조 형사한테 미안한데."

컴퓨터의 전원을 끈 서 형사가 자리에서 일어서며 말했다. 감기 몸살 기운이 있는 그의 대신으로 조 형사가 잠복근무를 대신해 주고 있는 것이다. 조 형사는 오늘로 사흘째 잠복근무를 하는 셈이다.

커피숍의 구석자리에 앉은 이영규는 종업원에게 코코아를 시키고는 손목시계를 보았다. 저녁 7시 55분이었다. 커피숍에는 두 쌍의 손님뿐이었는데 모두 20대 초반이었다. 그가 다시 시계를 내려다보았을 때 커피숍 안으로 사내 하나가 들어섰다. 최광철의 부하 송준수였다. 이영규에게 머리를 숙여 보인 그가 앞쪽 의자에 조심스럽게 앉았다.

"계장님, 내일 오전 11시에 간부총회를 열겠다고 권명환이한테 통보했습니다."

송준수가 서두르듯 말하고는 다가온 종업원에게 꾸짖듯이 커피를 시켰다.

"권명환이 참석 안해도 총원의 삼분지 이만 참석하면 총회가 성립되니까 내일이면 결판이 납니다."

"지금 몇 명이나 모인 거야?"

"52명 중에서 30명이 되었는데 오늘밤 안에 서너 명이 더 올 것 같습니다."

"권명환이 반발하지 않을까?"

"이젠 늦었습니다. 할 테면 어젯밤에 일어났어야지요."

"어젯밤 사건은 너희들의 자작극이지?"

"그건 저도 모릅니다."

커피를 가져 왔으므로 잠시 입을 다물었던 이영규가 송준수를 바라보았다.

"지금 권명환이한테는 13명밖에 없어. 어쨌든 어젯밤의 작전은 대성공이야."

"형님께서 내일 총회가 끝나고 나면 인사를 드리겠다고 했습니다."

"다음 순서는 김경철이다. 그 어린놈이 살모사 새끼야. 그놈까지 제거해야 영동회를 완전히 장악하는 거야."

"고 회장의 경호원 유천상은 그놈이 정호열과 짜고 고 회장을 죽였다고 합니다만."

"그것도 조사해 보겠지만 증거가 부족해."

이맛살을 찌푸린 이영규가 의자에 등을 붙였다.

"최 부장한테 조심하라고 해. 지금 상부에서도 신경이 날카로워져 있으니까 일이 커지면 몽땅 소탕 될 수가 있어."

"알겠습니다. 그럼."

자리에서 일어선 송준수가 허리를 꺾어 절을 했다.

"무슨 일이 있으면 바로 저한테 연락 부탁드립니다. 계장님."

미도 클럽 사장실에서 간부들과 함께 앉아있던 최광철은 부하 하나가 서둘러 들어서자 긴장했다. 요즘 며칠 동안 신경이 예민해진 그는 잠도 제대로 자지 못하고 있었던 것이다. 부하가 최광철에게 다가섰을 때 간부들의 시선도 모아졌다.

"형님, 정호열이 루비 빠찡코로 갔습니다."

목소리가 커서 방 안의 사람들은 다 들었다. 최광철이 눈을 치켜 떴다.

"그게 무슨 소리야?"

"조금 전에 정호열이 부하 20명쯤을 데리고 루비 빠찡코로 들어갔다고 합니다."

 방 안이 갑자기 조용해졌지만 서로간 얼굴들을 돌아보느라 시선들은 분주하게 움직였다. 정호열이 빠찡코를 하려고 들어갔을 리는 없다. 이제까지 제일회에서 영동회 사업장에 들어온 적도 없을 뿐더러 제일회장은 더더욱 그렇다. 더욱이 지금은 영동회가 두 조각으로 나뉘어져서 전시나 마찬가지인 상황인 것이다. 최광철이 헛기침을 했다.

 "무슨 일이라더냐?"
 "그건 아직 모릅니다. 형님."

 얼굴을 굳힌 최광철의 시선이 간부들을 훑고 지나갔다. 정호열과 권명환의 사이는 그저 안면만 있을 뿐이고 방문할 만큼 친하지는 않다. 간부들의 혼란스런 표정을 읽은 최광철이 소파에 등을 붙이더니 쓴웃음을 지었다.

 "권명환이가 영동회를 통째로 제일회에게 팔아먹을 작정인가?"

 그러나 아무도 웃지 않았으므로 최광철의 얼굴이 일그러졌다. 그냥 농담으로 넘길 일이 아닌 것이다.

 그 시간에 클럽 안에서 술을 마시던 오봉석은 핸드폰의 진동을 느끼고는 귀에 붙였다. 그러나 주위의 소음이 심해서 엉덩이를 들고 일어나 옆쪽 화장실로 들어섰다.

 "누구셔?"
 "난 권명환이다. 잘 들어, 오봉석."

 권명환의 목소리에 오봉석은 술기운이 달아났다. 그는 극동건설의 자재 과장을 맡고 있는 터라 이곳으로 올 적에 여러 번 망설였던 것이다. 최광철보다는 권명환과 자주 접촉해온 관계였기 때문이다. 그러나 대세가 최광철에게로 기울어가자 미련을 버렸다. 헛기침을 한 오봉석이 목소리를 낮췄다.

"아, 웬일이십니까?"

"난 지금 제일회 정호열 회장하고 함께 있다. 정 회장이 나한테 중대한 사실을 알려주려고 찾아오신 거다."

전화기를 고쳐 쥔 오봉석의 귀에 권명환의 말이 이어졌다.

"최광철은 송준수와 함께 박 회장님을 습격해서 병신을 만든 배후 협력자였고 별장에 들어가 목을 매단 주범이다. 그것은 정 회장님이 증언해 주셨다. 왜냐하면 안 회장과 제일회의 고 회장이 짜고 그 계획을 세웠으니까."

"무, 무슨 말인지 저는…."

"내 말을 알아듣지 못한단 말이냐? 박 회장을 제거하려고 제일회가 안상준과 손을 잡았었단 말이다. 최광철은 그 일의 실무 책임자였고."

"글쎄, 저는…."

"제일회 정 회장이 지금 내 옆에 계시다. 바꿔주겠다."

"아니, 잠깐만요."

당황한 오봉석의 목소리가 높아졌다.

"절더러 어떻게 하란 말씀입니까?"

"당장에 그곳을 나와. 최광철과 연루되어 반역자로 몰리기 전에."

권명환의 목소리가 굵어졌다.

"난 다른 간부들한테도 일일이 전화를 하는 중이다. 회장을 암살한 반역자에게 붙던지 아니면 새롭게 나와 함께 시작하던지 그것은 네 판단에 맡기겠다."

숨을 고른 권명환이 말을 이었다.

"안상준과 최광철의 반역에 동조한다면 남아라, 나는 내일 아침에 최광철을 구속시킬 테니까. 그때는 어떻게 될지 잘 생각해 보도록."

전화가 끊겼을 때 오봉석은 손등으로 이마의 땀을 닦았다. 술기운은 이미 말끔하게 가셔져 있었다.

"권명환이 정호열한테 도움을 요청한 것이지요."

유천상이 당연한 듯 말했지만 얼굴이 찌푸려져 있었다. 주위를 둘러본 그가 최광철에게 바짝 다가섰다.

"내가 뭐랬습니까? 정호열은 야차 그놈하고 맥이 통한다고 하지 않았습니까? 증인인 호텔 종업원을 정호열이 놔준 것부터 이상했단 말입니다."

그들은 미도 클럽 뒷문이 바라보이는 24시간 할인점 안에서 있었다. 최광철이 클럽 근처에 있던 유천상을 부른 것이다. 유천상이 심각하게 말했다.

"아무래도 분위기가 이상합니다. 야차 그놈하고 정호열, 권명환이 손을 잡은 것이 확실한 것 같습니다."

정호열이 야차에게 불리한 증인을 풀어준 것은 곧 권명환을 돕는 일임과 동시에 경철과 손을 잡았다는 의미도 되는 것이다. 한동안 클럽의 뒷문을 바라보던 최광철이 머리를 기울였다.

"권명환을 어떻게 돕는다는 것일까? 제일회의 힘을 빌려 대항하겠다면 오히려 나한테 명분이 생긴다. 회원들이 똘똘 뭉치게 될 것이고 이 기회에 제일회까지 엎어 버릴 수도 있어."

"전쟁은 어렵습니다. 어젯밤 같은 기습이면 몰라도."

유천상이 어젯밤 박재구와 고동우를 습격한 장본인인 것이다. 한동안 생각에 잠긴 듯이 눈만 껌벅이던 유천상이 입을 열었다.

"역시 모든 일의 끝에 야차 그 놈이 있군요."

사무실로 돌아온 최광철이 이영규의 전화를 받은 것은 밤 10시 반경이었다.

"이봐, 정호열이 권명환이하고 같이 있다던데 그쪽은 별일이 없겠지?"

이영규가 쏟아 붓듯 말했다.

"도대체 요즘 밤에는 또 무슨 일이 일어날지 불안해서 내가 집에도 못 들어가고 있단 말이야."

"별일 없을 겁니다."

"그럼 그 자식이 왜 지금까지 한 시간이 넘도록 권명환이 가게에 있는 거야?"

대답할 길이 없었으므로 최광철이 어금니만 물었을 때 이영규의 목소리가 다시 울렸다.

"내일 총회는 그대로 진행할 거냐?"

"물론이지요."

"간부들 단속 잘 하라구."

"고맙습니다, 형님."

핸드폰을 내려놓은 최광철은 길게 숨을 뱉었다. 이영규가 그 동안 후원자 역할을 해 왔지만 절대로 자신이 제2인자 사람은 아니었다. 그리고 그것을 기대하고 있을 만큼 최광철도 어리숙하지는 않다. 간부급 회원들은 내일 오전의 총회에 대비하여 클럽 안이나 근처의 술집에 흩어져 있었는데 초저녁까지만 해도 축제 전야의 분위기였다. 최광철은 다시 핸드폰을 집어들고 송준수를 불러내었다. 송준수는 내일부터 제2인자가 될 터이니 자신만큼 이 일에 적극적이었다. 송준수의 응답이 수화구를 울렸을 때 최광철이 다부지게 말했다.

"회원 단속을 철저히 해. 그리고 권명환이 쪽으로 애들을 몇 명 더 보내라."

"알겠습니다, 형님."

송준수의 목소리에도 긴장감이 깔려 있었으므로 최광철은 다시 이를 악물었다. 오늘처럼 밤 시간이 길게 느껴지기는 처음이었다.

밤 11시 반이 되었을 때 송준수는 룸살롱 '영화'로 들어섰다. 미도 클럽에서 100미터도 안 되는 번화가에 위치한 '영화'는 초일급 룸살롱이다.

"어서 오십시오."

송준수의 직속부하인 영업부장 백기찬이 반색을 하며 맞았다. 이곳에서 간부회원 네 명이 술을 마시고 있기로 한 것이다.

"응, 한 잔 같이 해야겠다. 방이 어디냐?"

로비에 들어선 송준수가 묻자 백기찬이 멀뚱해진 얼굴로 그를 바라보았다.

"조금 전에 나가셨는데요? 클럽으로 가신다고 했습니다."

"이곳에서 2차까지 한다고 했는데, 애들이 시원치 않았어?"

"애들은 괜찮았습니다."

"내가 헛걸음을 했구만."

입맛을 다신 송준수가 어깨를 펴고는 하품을 했다. 그한테도 피로하고 긴 밤이었다.

그 시간에 미도 클럽 뒤쪽의 대원장 여관 로비에 있던 윤병삼은 들고 있던 커피 잔을 내려놓고 자리에서 일어섰다. 간부 세 명이 계단을 내려왔기 때문이다.

"형님, 어디 가십니까?"

윤병삼이 앞장 선 이택규에게 물었다. 그들은 302호실에서 고스톱을 치고 있었던 것이다.

"응, 우린 술 한 잔 마시고 오겠다."

"그럼 제가 안내하지요."

"야, 이 새끼야, 넌 여기 있어."

하고 뒤쪽에 섰던 강찬수가 말했으므로 윤병삼이 주춤 발을 멈춘다. 성질이 고약하기로 소문난 강찬수였다.

"하지만 형님, 저는…."

"송준수가 우리 뒤를 따라 다니라고 하디?"

바짝 다가선 강찬수한테서 역한 술 냄새가 맡아졌다.

"기분 나쁘게 우릴 감시하는 거야. 뭐야? 이 새끼들이."

하면서 강춘수가 눈을 부릅떴을 때 이택규가 그의 팔을 끌었다.
"야, 가자."
그런 상황이니 윤병삼이 뒤를 따를 수는 없는 노릇이다. 그들이 여관 밖으로 나갔을 때 윤병삼은 핸드폰을 꺼내 들었다.
"더러운 강간범새끼."
강간 전과까지 있는 강찬수를 욕하며 윤병삼은 다이얼을 눌렀다. 송준수에게 보고하려는 것이다.

윤병삼의 전화가 왔을 때 송준수는 막 미도 클럽으로 들어서려던 참이었다.
"형님, 찬수형이 성질을 내는 통에 따라가지 못했습니다."
윤병삼이 분한듯이 말했다.
"술 한잔 마시고 오겠다고 하는데 저는 그냥 여기서 기다릴까요?"
"그 새끼들한테는 내가 전화해 볼 테니까 기다려."
해 놓고는 전화기를 주머니에 넣은 송준수가 옆에 선 부하에게 말했다.
"야, 찬수 핸드폰으로 전화해서 나 바꿔 줘."
"알았습니다."
머리를 든 송준수가 다가온 미도 클럽의 영업과장 박치성에게 물었다.
"장동환이 패들은 어디 있나?"
"동환 형님은 '영화'에 계시지 않나요?"
"씨발 놈아, 이곳으로 간다고 했다는데."

"안 오셨습니다."

"아니 이 새끼들이 어디로 샌거야?"

이맛살을 찌푸린 송준수가 클럽의 계단으로 발을 떼었다.

"오봉석이한테는 여자 붙여 주었지?"

"봉석이 형님요?"

박치성이 멍한 표정으로 물었으므로 송준수는 이를 악물었다. 다른 때 같았다면 벌써 한 방 쳤을 것이다.

"그래, 이 새끼야. 갠 여자 없으면 마시지 않는 놈 아녀?"

"봉석이 형님은 30분쯤 전에 건철 형님하고 형님 만나신다면서 나가셨는데요?"

그 순간 송준수는 갑자기 걸음을 멈추는 바람에 박치성에게 뒤를 부딪쳐 하마터면 아래로 굴러 떨어질 뻔헌다.

"형님, 찬수형님한테 연락이 안되는데요? 전원을 끊어놓았습니다."

뒤쪽에서 부하가 말했을 때 송준수는 눈앞이 노랗게 변해져 가고 있었다. 윤병삼의 전화를 받았을 때부터 찜찜했던 것이다.

새벽 한 시가 되어갈 무렵에 경철은 백대우의 전화를 받았다.

"현재까지 43명을 확보했습니다."

백대우의 목소리는 생기에 차 있었다.

"최광철은 9명인데 내일 아침까지는 너댓 명밖에 남지 않을 것이라고 합니다."

백대우는 정호열의 일행에 섞여 권명환의 본부에 가 있었다. 경철이 만족한 얼굴로 머리를 끄덕였다.

"권 이사는 어떻게 하겠다더냐?"
"내일 아침 8시에 이쪽에서 총회를 열겠다고 했습니다."
"알았다."
전화기를 내려놓은 경철이 앞에 앉은 정팔호를 바라보았다.
"몇 시간 후면 영동회도 새판이 짜지겠군."
"모두 사장님이 만드신 거요."
하루가 다르게 공손해진 정팔호가 조심스럽게 말했다.
"저는 하도 일이 빨리 돌아가는 바람에 정신이 하나도 없습니다."
그때 다시 핸드폰의 벨이 울렸다. 경철이 핸드폰을 귀에 붙이자 박삼의 목소리가 울렸다. 그는 미도 클럽을 감시하고 있는 것이다.
"사장님, 최광철이 대원장 여관으로 간부들을 데리고 들어갔습니다. 쫄다구들을 빼면 간부급은 7, 8명 되는 것 같은데요."
"회의를 하는 거겠지. 백대우한테 연락해 줘라. 권 이사도 알고 있어야 할 테니까."
"예, 사장님."
박삼의 목소리에도 활력이 느껴졌다.

"행동대 30명이 남아 있습니다. 지금 권명환이를 칩시다."
송준수가 소리치듯 말했으나 맞장구는커녕 시선을 주는 사람도 없었다. 대원장 여관 5층의 특실에는 최광철을 중심으로 간부들이 앉아 있었는데 모두 8명이다. 최광철과 송준수를 빼면 6명이 되었으니 다섯 시간동안에 20명이 빠져나간 셈이었다. 이를 악문 송준수가 최광철을 쏘아보았다.

"부장님, 어떻게 하실 겁니까? 이대로 당하고만 있을 겁니까?"

그때 전화벨이 울렸고 최광철과 송준수를 제외한 6명은 하나같이 당황했다. 호주머니를 누르는 자도 있고 좌우를 둘러보는 자도 있었으며 끝자리에 앉은 사내는 놀랐는지 번쩍 상반신을 세웠다가 어깨를 늘어뜨리기까지 했다. 전화는 송준수의 주머니에 든 핸드폰이 울린 것이었고 밖에 있던 부하가 이상 없다는 보고를 했다가 박살나게 욕만 얻어먹었다. 모두 전화 노이로제에 걸려있었기 때문이다. 그때서야 최광철이 입을 열었다.

"내가 권명환의 음모에 걸려들었다. 더 추해지기 전에 내가 끝장을 낼 테다."

모두들 긴장한 탓에 방 안은 숨소리조차 들리지 않을 정도로 조용해졌다.

"날 끝까지 따라준 너희들의 의리는 잊지 않겠다."

그가 굳어진 얼굴로 간부들을 하나씩 둘러보았다.

"권명환한테 너희들이 불이익을 받지 않도록 협상을 하겠다. 그리고서 난 이곳을 떠날 거야."

모두 시선을 내려 깔고 있었지만 송준수만은 이글거리는 눈으로 최광철을 바라보았다. 그러나 그도 입을 열지는 않았다. 최광철이 길게 숨을 뱉더니 소리 없이 웃었다.

"내가 야차 그놈한테 당한 거야."

다음날 아침 9시가 되었을 때 빠찡코의 사무실에 앉아있던 정팔호는 전화를 받았다.

"회장님 계시오?"

낮은데다 조금 버티는 목소리에 정팔호의 이맛살이 저절로 찌푸려졌다.

"무슨 회장님 말이오? 여긴 회장님이 안 계시는데."

"청모회 회장님 말이오."

"글쎄, 여긴 그런 사람 없다니까."

하고 버럭 목소리를 높였던 정팔호가 눈을 조금 크게 떴다.

"실례지만 누구시오?"

"난 이번에 영동회장이 된 권명환이오."

"아이구, 권 회장님 난 정팔호올시다."

정팔호가 반색했다.

"그런데 청모회 회장님이라니, 누굴 찾으시는 겁니까?"

"김 사장님 아닙니까? 정형이 그것도 모르고 계시다니."

눈동자를 굴리던 정팔호가 더 이상 따질 일이 아니라고 판단하고는 빠찡코 안쪽에서 박삼과 이야기를 하던 경철에게 전화를 넘겨 주었다. 경철이 전화기를 귀에 붙였을 때 권명환이 말했다.

"무사히 잘 끝냈습니다. 신세는 잊지 않겠습니다."

"축하합니다. 권 회장님."

경철의 얼굴도 밝아졌다. 오늘 새벽에 최광철은 권명환을 찾아가 영동회를 떠나겠다고 선언한 것이다. 그리고는 송준수와 함께 총회에도 참석하지 않고 종적을 감추었다. 그들로서는 피눈물이 났겠지만 전(前)회장 박종필의 살해 혐의가 밤사이에 모르는 사람이 없을 정도로 퍼져 있는 상황이라 설령 경찰이 조사하지 않더라도 조직 내에서 증거가 확보된다면 법보다 더 가혹한 제재가 내려질 것이기 때문이다. 전화기를 내려놓은 경철이 정팔호를 바라보며 웃었다.
"이제 끝났어."
정팔호가 경철의 환한 표정을 보더니 덩달아 얼굴을 펴고 웃었다. 그러다가 문득 생각났다는 듯이 물었다.
"청모회는 뭡니까?"
"권 회장이 날 어떻게 부르면 좋겠느냐고 해서 만들어 낸 거야."
"이름이 아주 좋습니다."
그리고는 정팔호가 정색했다.
"잘 지으셨습니다. 회장님."

그날 저녁, 경철은 시내 중심가에 있는 일식집 방 안에서 조민식과 마주앉아 있었다. 이곳은 영동회의 영역권 안이었지만 이제는 거리낄 것이 없었고 제일회의 영역이라도 마찬가지일 것이다. 조민식은 싸구려 점퍼를 벗고 노란색 셔츠차림이었다. 그가 술잔을 들고 경철을 바라보았다. 부드러운 시선이다.
"앞으로는 똑바로 살도록 해. 내 말이 무슨 뜻인지 알겠지?"
"압니다."
"넌 나이보다 성숙한데다 임기응변도 뛰어나다. 게다가 정신력 또한 강한 것 같다."
한 모금에 정종 잔을 비운 조민식이 자작으로 잔에 술을 채웠다. 예상했던 대로 조민식은 경철을 불러내었는데 오늘은 한 달 만에 쉬는 날이라고 했다. 조민식이 검게 그을린 얼굴을 들고 경철을 바라보았다. 왜소한 체격이었지만 눈빛이 날카로워서 조민식을 만날 때마다 그가 크게 느껴졌다.

"그리고 네 솜씨 말인데. 너의 야차라는 별명이 헛소문은 아니더군."

쓴웃음을 지은 경철이 생선회를 집어 입에 넣었다. 전부터 조민식에게서 발산되는 호의를 느끼고 있던 경철이다. 그것은 상대방의 시선을 읽는 수련을 한데다가 동물적인 육감이 발달되어 있기 때문이다. 조민식이 정색하고 말했다.

"그러나 더 수련을 해야 한다. 네가 겪어야 할 세상은 너의 생각보다 더 더럽고 악랄하다."

"수련을 열심히 하겠습니다."

"영동회와 제일회는 그대로 유지시키면서 네 세력으로 균형을 맞춰 주는 것이 너를 위해서도 바람직하다."

"명심하겠습니다."

"음성적 조직은 오래 못 간다. 조직을 양성화해서 세금을 정직하게 내는 기업으로 발전시켜야 한다."

"노력하겠습니다."

"돈 욕심을 부리면 부하들이 마음으로 따르지 않는다. 돈은 쓸 만큼만 있으면 되는 거다."

머리를 끄덕인 경철이 빙그레 웃었다.

"제 생각도 그렇습니다."

"겸손해라."

"예, 형사님."

그러자 조민식의 얼굴에도 웃음이 떠올랐다.

"날 형사라고 부르지 말어."

"그럼 뭐라고 부를까요?"

"아저씨가 낫겠다."

"예, 아저씨."

그리고는 경철이 정색했다.

"저를 이렇게까지 생각해주시는 이유를 말씀해 주실 수 없겠습니까?"

"박종필은 내 친구였다. 이것은 나와 종필이 둘 만이 알고 있는 비밀이었지."

조민식이 온몸을 굳힌 경철을 향해 빙그레 웃었다.

"그놈이 병신이 되어서 대전으로 내려간 뒤에도 우리는 수시로 네 이야기를 했다. 종필이는 너 때문에 살아간다고 하더구나. 네가 삶의 유일한 희망이랬지. 서울로 진출한 너를 보는 것이 꿈이라고도 했다."

이를 악문 경철이 머리를 숙였을 때 조민식은 말을 이었다.

"원수를 잘 갚아 주었다. 최광철이하고 송준수를 놓아 준 것은 잘한 일이다."

경철은 숨까지 죽이고 그의 말을 들었다. 박종필은 죽어서도 자신을 돕는 것이다.

2장
대망을 품고

그로부터 5년의 세월이 흐른 후에 김경철의 청모회는 10여 개의 기업체를 거느린 세력으로 발전되었다. 그것은 박종필이 물려준 마빈 빠찡코와 자금이 기반이 되었지만 전문경영인인 나기승의 역량이 발휘되었다고 볼 수 있었다. 경철은 각 기업체를 전문경영인에게 맡겨 관리시켰으므로 성장 속도가 빨랐던 것이다. 경철은 조민식의 충고를 따라 두드러진 행동을 하지 않았고 묵묵히 영동회와 제일회 양측의 조정자 역할에 충실했다. 그 덕분에 5년 동안 분쟁은 한 건도 일어나지 않았으며 청모회의 위상과 영역은 강화되었다.

또한 경철은 잠시 소홀했던 수련을 5년 동안 단 하루도 빼먹지 않았다. 그가 발을 디딘 사회에서 힘이 무엇보다도 먼저 필요하다는 것을 경험으로 깨달았기 때문이다. 정상적인 교육을 받지 못한데다 성장기의 대부분을 산에서 혹독한 살수(殺手)만을 익힌 경철이었다.

경철의 야수와 같았던 공격성과 비정함, 그리고 본능으로 움직이던 행동이 이제는 상식과 절제를 갖추게 된 것도 지난 5년 동안해온 수렵의 결과였다. 5월 중순의 오후였다. 청모회의 모회사 격인 동남투자금융의 회장실에 앉아있던 경철은 백대우가 들어서자 머리를 들었다. 백대우는 비서실장 직책을 갖고 있었지만 여전히 심복 경호역이다. 경철의 앞에 선 백대우가 표정 없는 검은 얼굴로 말했다.

"오늘 저녁 7시에 계약을 하자고 연락이 왔습니다. 회장님."

"왜 오래 끌었어."

경철이 웃음 띤 얼굴로 백대우를 보았다.

"뜸을 들이면 가격이 더 올라갈 줄 알았던 모양이지?"

"우리가 내막을 모르고 있는 줄로 아니까요."

백대우의 얼굴에도 희미하게 웃음기가 떠올랐다. 오늘 저녁 7시에 청모회의 자회사인 동남용역은 서울 강남에 사무실을 둔 대창 프로덕션을 인수하게 될 것이다. 백대우가 소리 없이 방을 나가자 경철은 한동안 창 밖의 수원 거리를 내려다보았다. 이 사회에 발을 디딘 지 6년 만에 상경하게 된 것이다. 그것은 박종필의 20년 꿈이었지만 그는 이미 저승으로 갔다. 그리고 상경의 첫 사업도 처음부터 순탄한 것이 아니었다. 이제부터가 시작이다. 서울에서 뿌리를 내리기 위해서는 수많은 어려움이 따를 것이다.

"김경철은 아직 나이가 스물여섯인가 일곱밖에 안됩니다."

심종택이 가죽소파에 등을 붙이면서 말했다. 심종택의 집기는 모두 최고급이어서 그들이 앉아있는 회장실은 어느 재벌 회장실 못지 않았다. 크리스탈 재떨이에 담배를 비벼 끈 심종택의 손가락에는 묵직한 다이아 반지가 끼워져 있다.

"수원에서 박종필의 대를 이어 받았다고 하는데 그 청모횐가 뭔가 하는 조직으로 수원의 양대 파벌의 조정자 역할을 해 왔던 것 같습니다."

"나도 그쯤은 알고 있어."

손대호가 가라앉은 목소리로 말했다. 그는 50대 중반으로 좁은 어깨에 목이 가늘었고 얼굴은 바랜 종이색이었다. 그리고 눈의 흰 창도 탁해서 어느 곳 하나 볼품이 없는 외양이었다. 그러나 그는 한강 이남의 6개 파벌을 장악한 오목회의 회장이었다. 그의 말 한 마디에 강남 유흥업소의 반은 문을 닫게 만들 수 있다는 소문도 과장이 아니었는데 왜냐하면 6개 파벌이 장악한 업소가 그쯤 되었기 때문이다. 한편으로는 직영으로 3개의 신용기금 회사를 운영하여 이미 거대한 자금을 축적해 놓았고 강남 요지의 빌딩 5동으로 부동산 임대업도 한다. 손대호가 흐린 눈으로 심종택을 보았다.

"어리다고 가볍게 보지마라. 그놈은 이미 5년 전에 순식간에 수원의 양대 파벌을 장악한 놈이야. 박종필이 뒤를 봐주었다고 하지만 내가 조사한 바로는 거의 그놈 혼자서 한거나 다름없어. 별명이 야차라는군."

"잘 알겠습니다."

심종택이 머리를 들고 정색했다.

"어차피 대창은 변준기가 운영하게 될 테니까요. 김경철 그놈은 스폰서일 뿐입니다. 회장님."

손대호를 빌딩의 현관까지 배웅하고 돌아온 심종택이 따라 들어선 홍동신에게 말했다.
"손 회장이 요즘 잔소리가 심해졌어. 도무지 옛날 같지가 않아."
"나이 드시면 다 그렇습니다."
소파에 조심스럽게 앉은 홍동신이 얼굴에 웃음을 띠웠다. 그는 심종택의 심복으로 마당발이었다. 손대호까지 인정하는 로비의 귀재이다.
"무슨 말씀을 하셨습니까?"
"손 회장은 대창을 인수하는 수원 꼬마 놈을 조심하라는 거야."
그러자 홍동신이 다시 이를 드러내고 웃었다.
"대창의 채무가 20억이 넘는다는 걸 알고도 그런 말씀을 하실까요?"
"알고 있겠지, 능구렁이 같은 영감이니까."
따라 웃으면서 심종택이 벽시계를 올려다보았다. 오후 6시가 되어가고 있었다.
"이봐, 7시에 계약금을 받는다고 했지?"
"예, 변준기가 곧 나갈겁니다."
자리에서 일어선 홍동신이 머리를 숙여 보이고는 방을 나갔다. 대창 프로덕션은 자본금 2억의 인력공급이 주업인 회사로 작년만 해도 년 매출이 100억이 넘었다. 그러나 금년 들어 당국의 감사와 여러 건의 사고가 잇달아 터지는 바람에 간부직원 3명이 구속되고 8억 가까운 세금을 추징당하는 바람에 사세는 급격히 기울었다. 대창 프로덕션의 주 공급 인력이 외국인인데다 대부분이 불법 체류자였기 때문이다. 그래서 심종택은 대창의 인수자를 찾았는데 회사 내막은 철저히 감추었다. 대창은 그가 소유한 15개 업체 중의 하나였지만 바지 사장을 앉혀 놓고 심복인 영업이사 변준기를 시켜 관리해 오던 터라 그 사실이 서류상으로는 드러나지 않았다. 그러던 중 수원의 동남용역에서 대창을 인수하겠다는 제의가 온 것이다. 대창이 제시한 15억 원을 절충하여 13억 5천으로 합의한 것이 일주일 전이었는데 심종택은 10억 미만이라도 넘길 작정이었으니 변준기의 거래는 칭찬 받을 만 했다 자리에서 일어선 심종택은 창가로 다가가 그늘이 덮여지기 시작하는 강남대로를 내려다보았다. 1미터 80센티미터 가까운 키에 호텔 양복점에서 맞춘 짙은색 정장을 입은 그의 차림새는 세련되었다. 대학을 중퇴하고 사채업자의 수금사원으로 시작한 심종택은 목적을 위해서라면 수단을 가리지 않는 성격이었다. 수금사원 3년 만에 전주가 되고 영업사원 5명으로 시작한 사업이 20여 명으로 늘어났을 때 자진하여 손대호의 수하로 들어간 것도 더 큰 목적을 이루기 위해서 였다. 그래서 그 후 10년이 지난 지금 심종택은 손대호 휘하의 6개 파벌 중에서 대성회 다음가는 경성회의 회장이 되어 있는 것이다. 팔짱을 끼고 서서 대로를 내려다보던 심종택이 불쑥 혼잣말을 했다.

"하긴 이제 손 회장도 늙었지."

고속버스터미널 옆의 커피숍에서 마주 앉은 동남용역의 대리인은 전무이사 박삼이었다. 그는 수행원 두 명을 대동했고 대창측도 영업이사 변준기와 직원 두 명이다. 대금을 지불하고 양측이 준비해온 합의서와 공증서류를 검토하는 데는 채 20분도 걸리지 않았다. 서류를 접은 변준기가 먼저 얼굴을 펴고 웃었다. 30대 중반의 그는 눈매가 날카로웠고 인상이 다부졌는데 으스대는 분위기를 언제나 풍겼다. 조직생활을 오래하면 몸에 배이게 되는 버릇이다.

"그럼 박 전무께서 대창을 맡게 되시는 가요?"

"그렇게 될 것 같은디요."

"앞으로 잘 부탁 드립니다."

변준기가 턱만 앞으로 내미는 시늉을 하며 앉은 채로 인사했다. 계약서에는 변준기에게 영업을 그대로 맡긴다는 조건이 있었던 것이다. 그리고 이쪽도 예전의 사업영역을 그대로 유지하려면 변준기라는 존재가 필수적이기도 했다.

"사장님, 어떻습니까? 제가 식사라도 대접해 드리고 싶은데요."

변준기가 말하자 박삼이 표정 없는 얼굴로 머리를 저었다.

"바빠서 오늘은 이만 가봐야겠는디요."

"그럼 내일부터 대창에 출근하실 겁니까?"

"당연헌 일 아니요?"

변준기의 시선을 잡은 박삼이 처음으로 얼굴을 펴고 웃었다.

"인자 회사 내막을 파악혀야지요. 그러니까 회사 경리장부부터."

박삼의 전라도 사투리는 고쳐지지 않았지만 태도는 의젓해졌다. 그가 관리하는 수원의 동남용역은 직원수 80여 명으로 서울 이남에서 열 손가락 안에 업체로 성장한 것이다. 자리에서 일어선 박삼이 변준기에게 손을 내밀었다.

"내일 봅시다. 변 이사."

조금 전과는 전혀 다른 태도였다. 변준기가 박삼의 손을 잡고는 지그시 웃었다.

"그럼 내일 뵙지요. 사장님."

그날 밤 10시가 되었을 때 동남투자금융의 회장실에는 청모회의 고위급 간부인 나기승과 정팔호, 박삼등 10여 명이 경철을 중심으로 둘러앉아 있었다. 서울 진출이 확정된 터라 방 안의 분위기는 활기 띤 긴장감으로 덮여졌다. 경철이 입을 열었다.

"변준기는 대창 프로덕션을 5년간 실질적으로 운영해온 자야. 당분간 그놈을 이용하는 수밖에 없어."

"그렇게 되면 대창을 인수한 의미가 없는디요. 인수금에다 채무까지 뒤집어쓰고 거그에다 운영자금으로 한 달에 2억 가깝게 손해를 볼 겁니다."

박삼의 말에 나기승이 머리를 기울이더니 반박했다.

"이봐요, 박전무. 변준기를 내보내면 대창의 사업이 더 위축될 거요, 그리고 경성회의 심종택이 가만있을 것 같소? 처음부터 마찰은 피하는 게 좋아요."

나기승은 동남용역의 사장을 맡아 외형을 5배나 성장시킨 공신이다. 경철이 머리를 끄덕였다.

"나 사장 말씀이 맞다. 박 전무는 될 수 있는 한 마찰을 피하면서 업무를 파악하도록. 아마 심종택도 배후에 우리 청모회가 있는 줄은 알 것이다."

"그나저나 20억이 넘는 채무를 숨기고 있는 것을 알아냈다면 놈들한테 따졌어야 했어. 그래서 인수대금을 한 푼도 주지 말든지 아예 우리가 돈을 받고 인수하든지 해야 했어."

하고 정팔호가 나섰으므로 박삼이 눈을 흘기며 혀를 찼다.

"정 사장님은 내용도 모르면서 트집만 잡지 마시오, 잉? 만일 그 말을 꺼냈다가는 계약도 못했을 거요."

"그럼 20억 채무까지 안고 계약할 가치가 있다는 말인가?"

그러자 경철이 상반신을 세웠으므로 모두 입을 다물었다. 경철이 부드럽게 말했다.

"나 사장하고 대창의 가능성을 조사한 다음에 내린 결론이니까 그 일에 대해서는 더이상 말을 말자구."

경철의 시선이 박삼에게로 옮겨졌다.

"박전무는 내일 자로 서울의 동남 프로덕션 사장으로 임명되었어. 그리고 나도 수원 사업은 나 사장과 정 사장에게 맡기고 앞으로는 서울 사업을 할 테니까."

모두 예상하고 있던 일이어서 방 안은 조용했다. 경철이 목소리가 다시 방을 울렸다.

"처음부터 강남 오목회 세력권 안에 뛰어든 셈인데 그건 내가 바랬던 일이야. 나한테 무슨 일이 있더라도 여러분의 사업장을 별개로 해 놓았으니 걱정할 것 없어."

"그게 무슨 말씀이오?"

대뜸 정팔호가 나섰고 다른 몇 명도 놀란 듯 제각기 나섰다가 경철이 손을 들자 모두 입을 다물었다. 정색한 경철이 간부들을 둘러보았다.

"내 각오를 말한 거야. 처음부터 다시 시작한다는 뜻이니까 신경 쓰지 마."

"부하들이 따릅니다."

공재국이 잔에 보온병에 담긴 한약을 따르면서 말했다. 구이동에 있는 단독주택의 거실이었는데 이곳이 손대호의 저택이다. 사기잔에 담긴 한약을 손대호 앞에 내려놓은 공재국이 누런 이를 보이며 웃었다.

"그리고 그자는 아직 집도 없습니다. 수원 교외의 농가를 전세 300만 원에 빌려 살고 있다고 합니다."

"별종이군."

"하지만 손이 큽니다. 소년소녀 가장 30명에게 매달 30만 원씩을 동남신탁금융 명의로 지원해 주고 또 고아원 2곳과 양로원 2곳에 매달 100만 원 씩 보냅니다. 그 사실을 안 수원 시청에서 몇 번이나 표창을 하려고 했지만 모두 거절했답니다."

"자선 사업가네 그려. 국회의원 나올려나?"

"시청이나 경찰에서도 아주 평판이 좋아요. 경찰의 후원회원이기도 합니다."

"어린 놈 처세가 그럴듯한데."

한모금 한약을 삼킨 손대호가 오만상을 찌푸렸다.

"물개좆을 넣었더니 아주 맛이 고약하군."

"괜히 허세 부리지 마십시오. 회장님."

혀를 찬 공재국이 무릎걸음으로 다가오더니 보온병에 남아 있는 약을 잔에 마저 채웠다.

"회장님이 정력제 잡수신다면 아무도 안 믿습니다."

공재국은 손대호의 20년 참모로 별명이 공자였다. 그는 손대호 보다 더 왜소한 체격에다 머리까지 벗겨져서 길에 내놓으면 생활에 찌든 노인같이 보였지만 오목회의 총수인 손대호의 고문격이며 제2인자였다. 손대호는 모든 일을 그와 상의해 왔는데 박학다식한데다가 계산과 판단이 빨랐다. 그러나 그의 과거를 아는 사람은 아무도 없다. 공재국이 거실을 둘러보며 말했다.

"심종택은 호구를 잡았다고 생각하는 모양인데 만만치 않을 것 같습니다."

"그런데 왜 아까부터 집안을 둘러보는 거야?"

"회장님 사시는 것이 그자하고 비슷한 것 같아서요"

"이것도 취미야."

했지만 재산이 몇 조나 된다는 손대호의 살림은 깜짝 놀랄 만큼 옹색했다. 단독주택이었지만 마당은 다섯 평도 안되었고 건평이 18평짜리 방 두 개가 있는 주택이었다. 그들이 앉아있는 천으로 만든 소파는 팔걸이 부분이 닳아서 실밥이 어지럽게 흩어져 나왔다. 쓰레기장에 버려도 누가 집어가지 않을 폐품이었다. 그리고 TV는 20년이 지난 고물이어서 리모컨도 없다. 한 마디로 막벌이 노동자의 살림도 이보다는 나을 것이다. 공재국이 주름진 얼굴을 바짝 들이대었다.

"회장님, 아까 정력 말씀을 하셨는데 말이 나온 김이니 회장님은 아직도 기회가 있으십니다. 앞으로 30년은 더 사실 테니까요."

"공자가 타락했군. 그래."

이맛살을 찌푸린 손대호가 들고 있던 잔을 내려놓았다.

"이봐, 나는 때가 되면 중이 될 테다. 그때 자네한테는 빌딩 한 동을 줄 테니까 그걸로 편히 살라구."

대창프로덕션은 외국인 회원을 800명 정도 확보하고 있었지만 대부분이 불법 체류자였다. 당국의 단속에 걸리기 전인 11월까지는 회원이 1,500명 가깝게 되어서 서울은 물론이고 대전과 광주지역에까지 인력을 공급했다지만 지금은 절반 정도로 줄어든 것이다. 물론 회원은 모두 여자였고 국적은 러시아와 중국, 필리핀, 태국 등 아시아계에서부터 유럽과 남미 태생까지 다양했다. 이 인력이 대창의 자산인 것이다. 그래서 효율적인 인력관리를 위해 대창은 주로 이태원과 상가 밀집지역에 아파트나 오피스텔을 빌려 숙소로 이용했다. 현재 회원들의 숙소는 48개소였는데 작년에는 100개가 넘었다고 했다. 그것은 몇 개 숙소 당 한두 명의 관리자가 필요했으니 그 만큼 대창의 관리인력도 줄어들었다는 것을 의미했다.

"현재 관리 인원은 사무실 근무까지 포함해서 125명이요. 작년만 해도 260명이었지."

어깨를 편 변준기가 말하고는 서류를 넘겼다.

"다음은 업소별 공급 인원과 배당금 내역이요."

그곳에는 회원을 공급받는 업소 명단과 배당금 내역이 적혀져 있었는데 주로 강남지역이었고 일부는 지방으로도 공급되고 있는 것을 알 수 있었다. 오늘은 박삼이 첫 출근한 날이어서 동남프로덕션으로 이름을 바꾼 대창의 사장실에서 변준기가 단독 브리핑을 하는 중이다. 서류에서 시선을 든 박삼이 물었다.

"우리한테 인력을 공급혀 주는 곳은 어디요?"

"그건 구두로 말씀드리지요. 당국에 적발되면 우리 사업은 종치니까."

담배를 빼어 문 변준기가 소파에 등을 붙였다.

"러시아에 두 곳, 중국에 두 곳, 그리고 태국과 필리핀에 한 곳씩이 있고 국내에서 프리로 뛰는 조직이 네 개 있지요. 현지 조직하고 직거래를 하면 싸게 먹히는데 국내 조직 놈들한테서 공급받으려면 경쟁이 심해서 단가가 훨씬 올라갑니다. 그래서 국내 조직을 강화시키려고 합니다."

박삼의 시선을 받은 변준기가 담배 연기를 내뿜으며 웃었다.

"조직의 배경이 없으면 당장에 간판을 내려야 한다는 건 아시겠지요?"

변준기는 자신의 배경을 과시하는 것이다. 머리를 끄덕인 박삼이 표정 없는 얼굴로 또 물었다.

"지금 업소에 공급해주는 인력은 정확히 몇 명이요?"

"서류에 적혀 있듯이 787명입니다."

"나가 조사한 바로는 200명도 안되던디."

그러자 상체를 세운 변준기가 담배를 재떨이에 비벼 껐다. 얼굴이 굳어졌고 눈을 치켜뜨고 있었다.

"단속 때문에 며칠 쉬는 거요."

"혹시 다른 데로 빼돌린 거 아니요?"

"그게 무슨 말이요?"

마침내 변준기가 목소리를 높였다.

"내가 어디로 빼돌렸다는 거요?"

"서류에 적어놓지 않은 다른 업소로."

그러자 변준기가 어깨를 펴고는 박삼을 노려보았다.

"그럼 어디 직접 확인해 보시든가."

그리고는 몸을 솟구쳐 세우고는 방을 나갔으므로 박삼은 어금니를 물었다.

"여자들의 숙소 중에서 온전하게 임대료를 낸 곳은 21개뿐입니다. 나머지 27곳의 임대료 밀린 대금이 8억8천이고 여자한테 체불한 임금이 4억6천입니다."

주상덕이 안경을 올려 쓰고는 말을 이었다.

"그리고 러시아와 중국 공급원에게 줄 수수료가 3억 가깝게 밀려 있습니다. 이것은 계약 당시 파악되지 않은 것입니다."

주상덕은 박삼이 데려온 경리 전문가였다. 동남프로덕션의 경리부장으로 임명된 그는 기존 직원들의 방해에도 불구하고 하루 만에 재무 상태를 파악해 낸 것이다. 물론 그는 5명의 보조 요원을 지휘하고 있다. 논현동 뒤쪽 시장 근처에 있는 오피스텔 안에는 경철을 중심으로 대여섯 명의 사내가 둘러앉았다. 벽에 걸린 싸구려 시계는 밤 10시 반을 가리키고 있었다. 박삼이 주상덕의 말을 이었다.

"변준기는 혀 볼라면 혀 보라는 식으로 나옵디다. 아무래도 회사는 팔아 넘겼웅게 손을 띠고 도망갈 모양입니다."

"미리 알짜는 빼돌렸겠지요. 아마도 임금을 체불시킨 여자들은 수준 이하일 겁니다. 데려갈 여자들 임금은 깨끗이 지불했을 테지요."
차분하게 말한 나기승이 경철을 보았다.
"치밀하게 계획을 세운 것 같습니다. 심종택은 우리한테 받은 인수 대금으로 새로운 프로덕션을 세울 겁니다. 업소에 여자들은 공급되어야 할 테니까요."
"아마 이미 세웠는지도 모릅니다."
주상덕이 말을 받았을 때 경철이 입을 열었다.
"그렇다면 변준기는 회사에 있을 필요가 없는 자로군."
"저한테 대들고 나갔응게 아마 내일부터 회사에 안 나올지도 모릅니다."
시선을 내린 박삼이 말하자 경철이 머리를 끄덕였다.
"내일 변준기를 포함해서 그놈 부하들의 사표를 받도록 하지."
"거의 전부가 되는디요."
박삼의 얼굴이 일그러졌다.
"일시에 퇴직금 지급 소송을 일으키면 우린 망합니다."
"그건 그때 가서 해결하도록 하고 당장 필요한 인원은 수원에서 채우고 신입을 모집하도록."
자르듯 말한 경철이 정색했다.
"이대로 물러날 것 같으면 아예 시작하지도 않았어."

다음날 박삼의 예상과는 다르게 변준기는 시치미를 떼고 출근했는데 그의 부하들도 마찬가지였다. 박삼이 부르자 변준기는 10분쯤이나 지나서야 사장실로 들어섰다.

"부르셨소?"

인사는커녕 턱을 치켜들고 시비하듯 대하는 변준기 눈에 소파에 앉아있는 한 사내가 보였다. 앉은키가 컸고 단정한 양복차림에 보내지는 시선이 강했다. 사내가 박삼 대신으로 말했다.

"허세 부리지 마라. 숨 한 번 쉬는 동안에 너를 때려죽일 수가 있으니까."

목소리가 부드러웠고 표정도 따뜻했으므로 변준기는 말을 다 들었는데도 눈을 껌벅이며 멍하니 숨만 두 번 쉬고 뱉었다. 그리고는 어깨를 부풀이며 막 입을 떼려는 순간에 사내가 다시 말했다.

"난 김경철이다. 네 두목 심종택에게 내가 만나자 한다고 전해라. 만나는 시간은 언제라도 좋다. 장소도 심종택이더러 정하라고 해라."

"왜 반말을."

눈을 부릅뜬 변준기는 막 자신이 입을 연 순간에 김경철이 일어나는 것을 보았으며 딱 두 마디가 뱉어졌을 때 김경철이 바람처럼 다가오는 것을 보았다. 그리고는 말을 마치기도 전에 눈에서 수천 개의 흰 불똥이 튀더니 그만 방바닥에 나 뒹굴어졌다. 귀싸대기를 벼락이 친 것처럼 맞은 것이다. 반쯤 정신이 나간 변준기가 방바닥에서 두 번 뒹굴고는 겨우 상반신을 세웠을 때 경철이 다시 말했다.

"이 덜 깬 개구리 같은 놈, 조용히 회사를 나가지 않으면 입을 찢겠다. 얼른 일어나 심종택한테 달려가란 말이다."

변준기는 한 때 날리는 칼잡이였고 합기도 3단의 실력이었다. 그래서 10년 가까운 세월 동안 누구한테 맞아본 적이 없다. 싸움은 실력보다 기세에 좌우되어 일방적으로 끝나는 경우가 대부분이다. 변준기가 몸을 일으켜 세웠을 때 다가선 경철이 그를 내려다보았다. 그 순간 변준기는 머리끝이 곤두서는 느낌을 받으면서 시선을 내렸다. 그리고는 한 걸음 물러서서 몸을 돌렸다.

"이것 봐라?"

심종택이 변준기를 바라보며 어이없다는 듯 실소했다. 그러나 치켜뜬 눈이 이글거리고 있다. 변준기는 얼굴 왼쪽이 붉게 부어올라 눈까지 감겨져 끔찍한 모습이었다.

"좋아. 아예 오늘 저녁에 요절을 내주지."

마침내 심종택이 잇사이로 말했다. 테헤란로에 있는 사무실에는 7, 8명의 간부급이 모여 앉아 있었는데 막 변준기로부터 상황설명을 들은 터라 누구도 아직 선뜻 나서지는 않았다. 머리를 든 심종택이 옆쪽에 앉은 홍동신에게 말했다.

"애들을 불러"

"예. 하지만 회장님."

대답부터 해 놓고 홍동신이 심종택을 바라보았다.

"우선 저쪽 상황을 보고 나서 움직이는 것이 낫다고 생각합니다만…."

"어쨌든 불러!"

심종택이 버럭 소리를 지르자 홍동신은 물론이고 다른 간부들도 소스라쳐 일어섰다. 그 순간에 탁자에 놓인 재떨이가 날아가 변준기의 얼굴을 스치고는 벽에 맞아 부서졌다.

"이 병신새끼, 꼴도 보기 싫으니까 꺼져!"

기겁을 한 변준기가 간부들에 묻혀 나갔으므로 방은 순식간에 조용해졌다.

"이런 쥐새끼 같은 놈이."

빈방에서 눈을 부릅뜬 심종택이 어금니를 문 채 말했다. 강남 바닥에서 10여 년을 보냈지만 이런 어처구니없는 일은 처음이었기 때문이다. 손대호의 휘하에든 10년 간 한 번도 이런 도전을 받은 적이 없다. 더욱이 상대는 수원 바닥에서 겨우 기어올라온 어린놈이다. 호구로 생각했던 놈한테 갑자기 봉변을 당한 꼴이 되었으니 내버려 둔다면 체면이 완전히 구겨질 것이었다. 홍동신이 소리 없이 다시 방으로 들어섰으므로 심종택은 어깨를 폈다.

"소집시켰나?"

"예, 남철이가 오후 1시까지 50명을 모아놓을 겁니다."

앞자리에 앉은 홍동신이 조심스런 시선으로 심종택을 보았다.

"저쪽에도 정보원을 풀어놓았으니까 곧 상황을 알 수 있습니다."

"그 놈이 시간과 장소를 정하라고 했다지?"

이제는 차분해진 표정으로 심종택이 물었다.

"장소를 만들어봐. 그 쥐새끼를 묻어버릴 장소를 말이야."

그 때 인터폰이 울렸으므로 심종택은 버튼을 눌렀다.

"무슨 일이야?"

"회장님, 김경철이란 분이 찾아 오셨는데요."

여직원의 목소리가 방 안을 울리자 둘의 시선이 동시에 부딪쳤다. 심종택이 헛기침을 했다.

"김경철이 누구야?"

"회장님과 만나기로 약속을 하신 분이라는데요."

영문을 모르는 여직원이 고분고분 대답했을 때 홍동신은 자리에서 일어섰다.

"제가 나가보겠습니다."

심종택에게 입술만 움직이며 말한 홍동신은 서둘러 방을 나갔다.

"기다리라고 해."

뱉듯이 말한 심종택이 인터폰의 스위치를 끄고는 눈을 부릅떴다. 쥐새끼에게 연거푸 물린 기분이었던 것이다. 그러나 지금은 분노보다도 아직 놀람에서 깨어나지 않았다. 놈에게 기습을 당한 꼴이어서 당황했다. 놈이 바로 10미터쯤 밖의 비서실까지 와 있으리라고는 상상할 수조차 없었으니까.

"댁이 김경철이오?"

다가선 홍동신이 묻자 경철은 머리만 끄덕였다. 평온한 얼굴이어서 홍동신의 가슴이 갑자기 부글부글 끓었다. 자신은 잔뜩 긴장하고 있었던 것이다. 그들은 비서실의 한복판에 서있었는데 경철은 박삼과 백대우 두 사람만 데리고 왔다. 홍동신이 경철의 아래위를 훑어보았다. 자신보다 머리통 하나 만큼 큰 체격에다 얼굴 윤곽이 굵었고 피부가 볕에 그을렸지만 눈은 맑았다. 경철이 턱으로 홍동신의 뒤쪽 회장실을 가리켰다.

"만나 뵐 수 있겠소?"

"안되겠는데."

배에 힘을 준 홍동신이 머리를 저었을 때 비서실 안으로 10여 명의 사내가 쏟아지듯 들어왔다. 홍동신이 사무실에 있던 부하들을 부른 것이다.

"이곳은 아무 놈이나 함부로 들어올 데가 아니야. 건방진 자식."

이를 드러내고 웃으며 홍동신이 경철을 보았다.

"젖내가 가시지도 않은 놈이 정말로 당돌하구먼 그래."

부하들은 경철 일행 주위로 바짝 다가서 있어 곧바로 공격하려는 듯 분위기가 살벌했다.

"강남의 경성회란 데가 이런 강아지들 모임이었구먼."

경철이 낮게 말했지만 목소리가 방을 울렸다. 얼굴에 웃음을 띤 경철이 홍동신에게 한 걸음 다가섰다.

"그냥 여기서 요절을 낼 작정으로 이러는 거냐? 그렇다면 어디 해 보거라."

"이런 개새끼가!"

하면서 홍동신이 눈을 부릅떴을 때였다. 뒤쪽 회장실 문이 열리더니 심종택이 나왔다. 그가 날카로운 시선으로 경철을 쏘아보더니 홍동신에게 말했다.

"데리고 들어와."

"회장님, 이놈을…."

몸을 반쯤 돌린 홍동신이 다시 말을 이으려는 순간에 박삼이 가로챘다.

"이 씨벌놈아, 넌 빠져, 병신새끼야."

"뭐?"

하고 홍동신이 얼굴을 일그러뜨리며 박삼을 노려보았을 때 심종택의 목소리가 높아졌다.

"데리고 들어오란 말이다!"

발을 뗀 경철이 홍동신의 어깨를 스치고는 회장실로 향했다. 그의 뒤를 박삼과 백대우가 따랐고 이를 악문 홍동신이 10여 명의 부하들을 이끌고 바짝 붙었다. 회장실은 비서실보다 두 배쯤 넓었지만 역시 사람들로 가득 찼다. 심종택이 상석에 앉더니 턱으로 앞쪽을 가리켰다.

"거기 앉아."

그때였다. 경철이 느닷없이 방바닥에 무릎을 꿇더니 심종택에게 큰절을 했다. 뒤에 서 있던 박삼과 백대우도 예상하지 못한듯 순간 당황하더니 곧 황급히 경철을 따라 큰절을 했다. 심종택이 눈을 치켜 떴다가 경철이 무릎을 펴고 일어섰을 때는 입가에 쓴웃음이 떠올라 있었다.

"네가 김경철이냐?"

심종택이 조금 가라앉은 목소리로 물었을 때 김경철이 앞쪽에 앉으면서 대답했다.

"예, 형님."

그러자 심종택이 다시 쓴웃음을 지었다.

"너, 상당히 맹랑한 놈이다."

"앞으로 형님으로 모시겠습니다."

"내가 받아들이지 않는다면?"

"받아들이실 줄로 믿고 있습니다."

"왜?"

"제가 대창을 관리하게 되었지 않습니까? 그래서 자연히 형님 휘하가 된 것으로 알고 있습니다만."

"그런데 변준기를 쳐?"

"위아래를 분명히 하려고 그랬습니다."

"이거, 정말 웃기는 놈이네."

했지만 심종택의 표정은 많이 풀렸다. 부하들 앞에서 체면이 섰기 때문이다. 심종택이 방 안에 가득 모여선 부하들을 향해 손을 내저었다.

"홍 상무하고 전 부장, 최 부장만 남고 사무실로 돌아가."

그의 시선이 경철의 뒤에 서 있는 박삼과 백대우에게로 옮겨졌다.

"너희들도 거기 앉아라."

박삼과 백대우가 경철의 왼쪽 자리에 앉았을 때 홍동신과 두 명의 부장은 오른쪽에 자리잡고 앉았다. 사각의 구도로 벌려 앉은 것이어서 방 안의 분위기는 더 안정되었다.

"난 아무나 동생으로 받아들이지 않아."

정색한 심종택이 경철을 바라보았다.

"그리고 대창은 내 손에서 떠났다. 네가 동남프로덕션으로 이름도 바꿨지 않았나 말이야."

"변 이사를 상무로 쓰겠습니다."

그리고는 경철이 정면으로 심종택을 보았다.

"그리고 대창의 채무를 다 갚지요. 새롭게 시작하겠단 말씀입니다. 그러면 기관에서도 더이상 제재는 하지 않을 것 같습니다만…"

경철이 아직도 시큰둥한 표정의 심종택에게 말을 이었다.
"순이익금의 3할을 회비로 내도록 하겠습니다, 형님."
그러자 옆쪽에 앉은 홍동신과 부장 두 명의 얼굴에 놀라운 표정들이 제각기 떠올랐다. 이것은 인수한 회사를 다시 바친다는 말과 같았기 때문이다. 더구나 20억이 넘는 부채까지 싸안고 이익의 3할을 낸다면 회사는 적자를 감당하지 못할 것이다. 박삼과 백대우의 얼굴은 아까부터 굳어져 있었는데 이 말을 듣자 흉하게 일그러졌다 특히 박삼은 이를 악물고 굴욕을 참는 표정이었다. 한 동안 경철은 바라보던 심종택이 입을 열었다.
"네 속셈이 뭐냐?"
"서울에서 기반을 굳히는 것입니다, 형님."
"수십억이 깨질텐데, 어떻게 기만이 굳어?"
"하루 이틀 사이에 일이 되리라고는 처음부터 생각지 않았습니다."
"만일 내가 거절한다면?"
다시 떠보듯이 심종택이 물었을 때 경철이 머리를 깊게 숙였다.
"수원으로 내려가는 수밖에 없습니다, 형님."

"그렇게 나을 줄은 몰랐는데요."
경철이 떠난 후에 회장실에 다시 모였을 때 대뜸 홍동신이 말했다. 그가 심종택을 바라보며 웃었다.
"하긴 두 달이 못 가 망하게 될 테니 할 수 없었겠지요."
그렇지만 경철이 그렇게 제의해 오리라고는 아무도 예상하지 못했다. 심종택은 이미 영우 프로덕션이라는 새로운 업체를 등록까지

해놓고 다음 달에 개업할 예정이었던 것이다.
"회장님, 어떻게 하시겠습니까?"
홍동신이 묻자 심종택은 생각에서 깨어난 듯 시선의 초점을 맞췄다.
"그 놈은 보통 놈이 아냐."
"배짱은 좋던데요."
"그놈이 노리는 건 프로덕션 사업만이 아니다. 다른 꿍꿍이가 있어."
"그걸 누가 모릅니까?"
홍동신이 이를 드러내고 웃었다.
"수원에서 서울 강남으로 세력을 확장하고 싶은 거죠. 하지만 그 일이 잔대가리를 굴려서 되는 일입니까? 그리고 주먹질로 되는 일도 아니지 않습니까?"
"하긴 그렇다."
마침내 심종택도 따라 웃었다.
"놈의 머리꼭지에 올라앉아 있으면 되지."
"우린 영우 프로덕션 창업비용 6억을 줄이게 되었습니다. 대창이 다시 우리 것이 되었으니 며칠 사이에 수십억을 번 것이나 마찬가지입니다."
"좋아, 승낙한다고 하고 계약서를 만들도록 해. 철저하게 만들도록."
마침내 심종택이 결정을 했다. 경철에게는 생각해 보겠다면서 보냈던 것이다.

"왜 그렇게 입이 나와 있는 거냐?"

돌아가는 택시 안에서 경철이 옆에 앉은 박삼에게 물었다. 부드러운 표정이다.

"뭐가 불만이냐?"

"저는 회장님이 한바탕 뛸라고 가신 줄 알았습니다."

감정을 억제하려는 듯 침을 삼킨 박삼이 찌푸린 얼굴로 경철을 보았다.

"우리가 저런 놈 밑으로 들어갈라고 서울로 온 겁니까?"

"나는 구두바닥을 핥으라고 했다면 핥을 작정이었다."

정색한 경철이 말을 이었다.

"발을 붙이기 위해서는 무슨 짓이든 한다."

"하지만 회장님. 기껏 인수한 프로덕션을 통째로 넘겨주는 꼴이 될지도 모릅니다. 저놈들이 어디 보통 놈들입니까?"

그러나 경철의 시선을 받은 박삼이 머리를 숙였다. 그냥 둔다면 동남프로덕션은 두 달이 못 가 문을 닫게 될 것이라는 결론이 나왔던 것이다. 심종택이 이미 빼돌린 회원들을 기반으로 새 프로덕션을 세운다는 정보가 확인되었으며 외국이나 국내의 공급선을 단절시키면 이쪽은 고사(枯死)된다. 경철이 혼잣소리처럼 말했다.

"앞날을 위해 당분간 마음을 비우자구. 그러면 조금 개운해질 거다."

"좋습니다. 저도 혀 보지요."

결심한 듯 박삼이 말했을 때 이제까지 듣고만 있던 앞자리의 백대우가 몸을 돌려 경철을 보았다.

"잘 하셨습니다, 회장님."

"재미있군 그래."

저녁 밥상에 앉은 손대호가 젓가락을 들며 웃었다. 이 집에는 식탁도 없어서 개다리소반 위에 놓인 찬은 된장국과 겉절이, 조개젓 세 가지였다. 손대호가 겉절이를 입에 넣고 맛있게 씹었다. 혼자 사는 손대호는 어쩔 수 없이 가정부를 고용했는데 전라도 출신의 할머니여서 음식 솜씨가 좋았다. 오늘도 공재국은 보고도 할겸 겸사겸사 대회장 집에 들린 바람에 같이 저녁을 먹게 된 것이다. 그러나 맵고 짠 음식은 질색이어서 밥 한 술에 된장국 한 숟가락씩만 먹고 있다. 밥을 삼킨 공재국이 손대호를 바라보았다 방금 김경철과 심종택하고의 사건을 보고한 참이어서 손대호의 평가가 궁금했기 때문이다. 공재국의 시선을 의식했을 텐데도 손대호는 밥을 떠 넣고 겉절이와 조개젓의 맛을 음미하듯이 눈을 가늘게 뜨고는 오래 씹었다. 그러더니 불쑥 말했다.

"김경철의 별명이 아마 야차였다지. 밤 귀신이야. 5년 전에 수원의 양대 파벌의 회장 둘이 겨우 사흘 만에 한 놈은 병신이 되었고 한 놈은 죽었어. 그것이 그 놈 김경철의 짓이란 소문이야."

"그렇습니까?"

"그 후로 김경철은 모습을 드러내지 않고 수원 양대 파벌의 조정자 역할을 해왔어. 사업감각도 상당해서, 그 놈이 운영하는 14개 사업체의 매출은 연간 1천억이 되는데 모두 부하들 이름으로 등기 해줘서 본인 재산은 몇 푼 안된다는 거야."

"허어."

"심종택이도 김경철이 배후를 조사 해봤겠지. 드러난 부분만 말이야."

"그리고는 별거 아니라 생각했겠구만요."

"그런 회장이란 없으니까. 심종택이 기준으로 보면 저나 제 친척 명의로 십여 개 업체가 등기되어 있어야 실력자 회장으로 인정될 테지."

"재미있다고 표현하신 이유를 듣고 싶습니다만."

"심종택도 만만한 놈이 아냐. 김경철의 의도를 알면서도 받아 들였을 것이네."

"팔아치운 회사를 다시 바친다는데 안 받을 놈이 있겠습니까? 그런데 김경철의 의도라 하셨는데 그것이 뭘까요?"

"그건 공자가 읊어봐."

그리고는 손대호가 밥을 떠 넣었으므로 공재국이 상체를 폈다.

"당연히 또 하나의 파벌을 만드는 것이겠지요. 가능하다면 심종택의 경성회를 가로채던가."

"흠."

조개젓을 씹으며 손대호가 머리만 끄덕였고 공재국이 상체를 좌우로 흔들면서 읊듯이 말했다.

"그 정도 그릇이면 대망을 갖고 있을 지도 모르겠습니다. 혹시 오목회의 차기를 바라고 있지는 않을까요?"

오목회는 손대호가 거느리는 연합체를 말하는 것이다.

"흠."

된장국을 한 수저 떠먹은 손대호가 다시 머리를 끄덕였다.
"그놈이 머지않아 내 앞에 나타날 것 같은 예감이 드는군 그래."
"어떤 핑계를 댈까요? 심종택이를 거쳐야 할텐데 말입니다."
두 왜소한 사내가 한 쪽으로 머리를 기울이며 서로를 바라보았다. 그러더니 다시 수저들을 들었다.
"강남에 귀신이 왔어, 야차가."
그렇게 말하는 손대호의 표정은 만화영화를 기다리는 어린애처럼 밝았다.

3장
분열

　　동남프로덕션은 다시 심종택의 소유가 된 것이나 마찬가지였으므로 영업은 활기를 띠웠다. 변준기는 빼돌렸던 여자들을 다시 복귀시키고는 동남의 이름으로 업소에 공급했으며 남아있는 여자들의 체불된 임금도 모두 지급되었다. 물론 경철은 다시 막대한 자금을 쏟아 부어야 했는데 정상적인 원가계산 방식으로는 참으로 무모한 사업이었다. 개업한지 한 달째가 되는 날 밤에 모처럼 수원에서 상경한 정팔호가 박삼과 최동재를 불러내어 역삼동의 카페에서 마주 앉았다. 정팔호는 황홀한 미인들을 천 명도 넘게 거느리고 있는 박삼이 접대용으로 한 두 명쯤 데리고 나올 줄로 기대한 것 같았다. 그런데 두 사내만 쌍방울을 울리면서 용감하게 나타나자 인상부터 썼다.
　　"한 달 지났는데, 장사는 어떠냐?"
　　정팔호가 묻자 박삼은 머리부터 저었다.

"그것 따지면 해골 아픕니다. 그만 둡시다."
"이 자식아, 사장이 그렇게 말하면 돼?"
혀를 찬 정팔호의 시선이 최동재에게로 옮겨졌다. 그는 박삼의 1년 후배인데 현재 동남프로덕션에서 관리부장을 맡고 있다.
"임마, 명색이 관리부장이라면서 계집애 하나도 데리고 나오지도 못한단 말이냐? 형님 접대를 이렇게 할거냐?"
"제가 모시고 가려고 합니다."
체중이 120킬로가 넘는 최동재가 고분고분 대답했다. 전주에서 날리는 주먹이었던 최동재는 수원의 동남용역에 입사하면서부터 점잖아졌고 이제 서울로 와서는 의젓해졌다. 조금 기분이 풀린 정팔호가 의자에 등을 붙였다. 저녁 7시 반이었다.
"회장님은 도대체 어디 가신 거냐? 저녁 6시면 칼같이 퇴근 하신다고 하던데."
정팔호가 묻자 최동재가 힐끗 박삼을 바라보더니 시선을 내렸다. 박삼더러 대신 대답하라는 시늉이었다.
"공부하러 가신 거요."
박삼의 대답에 정팔호가 눈을 둥그렇게 떴다.
"무슨 공부?"
"대우한테 들었는디 영어 개인지도를 두 시간씩 받고 경제를 또 두 시간이나 배운다고 헙디다."
"허어."
"대우도 같이 배우는디 차라리 네 시간동안 거꾸로 서 있든가 아니면 마라톤을 하는게 낫겠다고 허는디, 암튼 죽을 맛이랍디다."

"흐흐흐."

짧게 웃었던 점팔호가 정색했다.

"심종택이 하고는 어때?"

"어쩌고 말고 헐 것도 없지요. 회장님이 잘 허싱께."

했지만 박삼의 얼굴이 일그러졌다. 심종택의 부하 변준기는 동남프로덕션의 상무로 승진하더니 사장 행세를 했다. 박삼은 물론이고 회장인 경철의 결재도 거의 받지 않는 터라 이쪽은 사후에나 내역을 정리하는 형편이다. 그러나 박삼은 동남프로덕션에 꾸준하게 심복을 심어 전체 인원 180명중에서 70명 정도의 진용을 갖췄다. 변준기도 그것을 눈치채고는 있었으나 그것까지는 트집을 잡지 않았다. 거의 전부가 잡일을 하는 관리부나 운송부 소속으로 배치되었기 때문이다. 알짜 핵심부서인 영업부에는 총원 100여 명 중에서 3명만이 박삼이 심어둔 부하였지만 언제나 왕따를 당하고 있었다. 정팔호가 길게 숨을 뱉었다. 상황을 대충 알고는 있는 터라 그는 일부러 시간을 내어 박삼을 위로하러 온 것이다.

"가자, 네 회원들이 일하는 데로."

"형님, 점잖게 노시오."

따라 일어서면서 박삼이 말했으므로 정팔호가 벌컥 화를 냈다.

"니기미 씨발. 확 불을 질러 버릴 테여, 비윗장 틀리면."

"회장님이 들이는 공을 박살내려면 그렇게 허시든지."

"이 씨발놈도 병신 다 되었네."

"형님은 회장님이 물팍 꿇는 것을…."

하다가 박삼은 황급히 입을 다물었다. 하마터면 심종택 앞에서 경철이 무릎을 꿇었던 이야기를 할 뻔 했던 것이다. 앞장서 나가던 정팔호는 귀가 밝았다. 그가 머리를 돌려 박삼을 보았다.

"뭐라고 했어? 회장님이 물꽈 꿇다니?"

"회장님은 자존심을 굽히고 지내신단 말이요. 기회가 올 때까지 말이오."

정팔호는 입맛을 다시더니 다시 발을 떼었다.

"이 가게도 심종택의 경성회 소속이요"

나이트클럽 겸 룸살롱 형태인 가게 안은 화려했다. 박삼이 소리치듯 말했다. 10여 쌍의 남녀가 춤을 추는 플로어의 위쪽 무대에서 5명의 러시아 댄서가 늘씬한 몸매를 자랑하고 있었다. 홀의 테이블에 빈자리가 드물었는데 유리벽 안쪽으로 방이 홀을 둘러싸듯 만들어져 있다. 정팔호가 이맛살을 찌푸렸다.

"빈방이 없다니? 너, 이따위로 접대할 거냐? 이거 시끄러워 죽겠다."

"형님 이곳이 차라리 낫당게요."

바짝 다가앉은 박삼이 정팔호의 귀에 입을 대고 소리쳤다.

"방에서 마시면 놈들이 도청을 할거요."

그러자 정팔호가 퍼뜩 눈을 치켜 떴다.

"그러면 뭐하러 이곳에 왔어?"

"형님한테 보여드리려고."

"봐서 뭐해? 심종택이 업손데"

"언젠가는 우리가 차지할 거요."

정팔호의 시선을 받은 박삼이 정색했다.

"보조 새끼들도 날 무시허고 인사도 안 헙니다. 허지만 두고 보시오."

"정말 고생이 많다."

이제는 정팔호도 정색했다. 그는 이제 러시아 여자들도 힐끗거리지 않았다. 보조가 다가오더니 안주와 술을 내려놓고 인사도 없이 돌아갔다. 그래서 최동재가 술병 마개를 따고 잔에 얼음을 넣으며 부산하게 움직였다. 웨이터가 서서 시중을 드는 옆쪽 테이블과는 대조적이다.

"나는 하룻밤에 세 곳씩 업소 순찰을 헙니다. 괄시를 당허러 댕기는 거요."

술잔을 든 박삼이 정팔호를 향해 웃어 보였다.

"어떤 디는 나헌티 바가지까지 씌운당게요. 그려도 암말 않고 계산허지요."

"이런 처 쥑일 놈들!"

"허지만 이 업소에도 벌써 두 명을 심었습니다. 조금 전의 보조가 그 중 하나요."

정팔호의 귀에 입을 붙인 박삼이 싱긋 웃었다.

"업소 파악도 대충 혔구 말요."

"애쓴다."

감탄한 정팔호가 박삼에게 술잔을 내밀었다.

"그런데 나는 수원에서 팔자 좋게 호강만 하고 있구나."

"형님이 수원에 계싱게로 회장님이 맘놓고 일허시는 것 아니것소?"

한 모금에 술을 삼킨 박삼이 다시 정팔호의 귀에 입을 붙였다.
"회장님한테 비허면 난 암껏도 아니오, 형님."

변준기가 회장실로 들어섰을 때는 오전 11시경이었다. 그저 턱만 끄덕이는 것으로 인사를 한 변준기는 소파에 털썩 앉았다. 한 달이 지나는 동안 그는 세 번 회장실에 들렀는데 지난 두 번은 채무를 갚기 위한 자금 결재를 받으려는 것이었고 지금은 한 달 결산을 하기 위해서였다. 주도권은 다 쥐고 있지만 자금은 경철이 쥐고 있기 때문이다. 변준기가 힐끗 경철이 읽다말고 내려놓은 영어 회화 책을 힐끗 바라보았다. 입술 끝이 조금 비틀어져 있었다. 그가 헛기침을 하고는 경철을 바라보았지만 시선이 목쯤에서 올라가지 않았다. 허세는 부리지만 지난 번 벼락같은 따귀 한 방에 나가자빠진 기억은 영원히 지워지지 않을 것이다.

"이번 달 영업이익은 2억6천이오. 그래서 오늘 3할인 7천8백을 떼가야겠는데."

변준기가 들고 온 서류를 탁자 위에 내려놓더니 경철의 목을 바라보았다. 목소리는 굵었지만 얼굴은 잔뜩 긴장되어 있었다.

"경리부에다 지시를 해 주시오."

"영업이익에서 직원들의 임금에다 관리비를 뺀 순이익금에서 3할을 떼기로 계약서를 작성하지 않았나?"

경철이 부드럽게 묻자 변준기가 눈을 치켜 떴다. 그러자 처음으로 둘의 시선이 마주쳤다.

"회장님의 지시오. 우리가 없었다면 영업이익을 이만큼 내기는커녕 첫달부터 적자를 냈을 거요."

"그렇다고 계약서까지 작성했는데 그렇게 하면 되나?"

"그럼 당장 내일부터 철수해버릴까?"

경철이 눈을 똑바로 뜨고 있는 변준기를 찬찬히 바라보았다. 숨 두 번을 마악 뱉었을 때 변준기의 눈까풀이 흔들거리더니 눈이 깜박여졌다. 이윽고 경철이 다시 입을 열었다.

"회장님 지시라고 했나?"

"그렇소."

"좋아. 그럼 경리부에 말해 놓을 테니까 가져가도록."

변준기가 몸을 마악 일으켰을 때였다 경철이 주머니에서 봉투 하나를 꺼내 내밀었다.

"변 상무가 온다고 해서 준비해 놓았어. 한 달 동안 수고했어, 이것 받아."

"그건 뭡니까?"

"약소하지만 내 인사야. 거기 말대로 변 상무가 없었다면 이익을 이만큼 내지도 못했을 테니까."

"필요 없습니다."

"내 개인 돈이고 장부에도 기록되지 않을 거야. 물론 회장님한테도 보고할 필요가 없는 돈이지."

"날 유혹하는 겁니까?"

그러자 경철의 표정이 차갑게 변했다.

"남자 대 남자로 말하는 거다. 난 열심히 일한 대가를 주고 싶은 것뿐이야."

"수십 억 손해를 보고 계실텐데."

"나한테 돈은 중요하지 않아."

자리에서 일어선 경철이 성큼 다가서더니 변준기의 양복 윗주머니에 봉투를 찔러 넣었다.

"덕분에 동남프로덕션이 활기 있게 돌아가게 되었어. 진심으로 고맙게 생각한다."

"이러시면 안됩니다."

하며 변준기가 주머니에 든 봉투를 빼내려다 경철의 손에 팔이 잡혔다. 억센 힘이었지만 변준기는 불쾌하지는 않았다. 경철이 변준기를 똑바로 바라보았다.

"어쨌든 우리는 한 배를 타고 있지 않나? 같이 있는 동안만이라도 나는 윗사람으로의 체면을 세우고 싶은 거라네."

"좆같은 새끼, 돈 몇 푼으로 날 어떻게 하겠다는 거야?"

화장실로 들어서면서 변준기가 입술만 달싹이며 중얼거렸다. 눈을 올려 뜨고 있었지만 그렇게 화난 표정은 아니었다. 화장실은 비어 있었으므로 그는 소변기 앞에 섰다가 마음을 바꾸고는 뒤쪽의 대변실 문을 열고 들어섰다. 그리고는 문고리를 잠그고 나서 윗주머니에 든 봉투를 꺼냈다. 입술을 비튼 표정으로 봉투안의 수표를 꺼낸 변준기는 덜컥 턱을 치켜들었다. 그리고는 눈을 부릅뜬 채 수표를 내려다보았다. 동그라미가 어지럽게 널려진 수표 오른쪽에 한글로 이천만 원정이라는 글자가 찍혀 있었던 것이다.

"이것 봐라?"

놀란 그의 얼굴은 자신도 모르게 붉게 상기되었다. 심종택의 수하가 된지 10년이 지났지만 이런 큰돈은 받아 본 적이 한 번도 없었던 것이다. 그래서 지금도 가게를 가끔 돌아다니면서 후배들한테서 몇십만 원씩이 든 봉투를 받아 잡비로 쓰는 신세였던 것이다.

"이, 빌어먹을."

다시 한번 금액을 확인한 변준기는 수표를 주머니에 넣고는 길게 숨을 뱉었다.

"씨발놈이 증말"

그렇게 다시 혼잣소리를 하던 변준기는 어깨를 펴고는 화장실 문을 열었다.

"그놈이 뭐라고 하더냐?"

심종택이 7천 8백 짜리 수표를 들고 보면서 물었다. 그는 경철을 그놈이라고 부른다.

"예, 처음에는 순이익의 3할이 아니냐고 묻더니 그냥 내주더만요."

앞에 앉을 변준기가 대답하자 심종택은 쓴웃음을 지었다.

"직원 봉급에다 관리비를 빼면 얼마 남는 거냐?"

"6천만 원쯤 적자가 납니다."

"거기에다 계집애들 밀린 임금하고 숙소 임대료까지 줘야 할 테니까 죽을 맛이겠구먼 그래."

"그놈이 수원에서 떼돈을 모았습니다."

옆쪽에 앉아있던 홍동신이 말했다.

"그놈 소유로 되어있는 빠찡코에서만 한달 수입이 1, 2억은 될 겁니다."

"큰 맘먹고 상경했다가 깡통을 차겠구먼 그래."

심종택이 기분이 좋은지 이를 드러내고 웃었다. 그로써는 생돈 7천 8백이 거저 들어온 셈인 것이다. 그가 눈만 멀뚱거리고 있는 변준기를 보았다.

"너도 상무가 되어서 봉급이 올랐지?"

"예, 조금."

"수고했다."

그리고는 심종택이 자리에서 일어섰으므로 변준기와 홍동신은 따라 몸을 일으켰다. 나가라는 표시인 것이다. 회장실을 나온 변준기의 옆으로 홍동신이 따라 붙었다.

"이봐, 변 상무, 오늘 봉급 탔을테니 한판 붙을까? 봉급도 올랐다니 말이야."

포커를 하자는 말이었다. 변준기가 눈을 치켜 뜨고 홍동신을 보았다.

"아따 형님. 50만 원 올랐어. 처자식 먹여 살리기도 빠듯하단 말이요."

"그래도 너는 나보다 낫다. 나는 생기는 것도 없어."

옆으로 직원이 지나갔으므로 홍동신이 목소리를 낮췄다.

"회장 옆에 바짝 붙어 있으니 만들 기회가 있어야지. 씨발."

보폭을 크게 벌려 홍동신을 떼어놓은 변준기는 빌딩의 현관으로 나와서는 숨을 크게 마셨다가 뱉었다. 김경철에게서 받은 2천 이야기는 결국 꺼내지를 못했다. 못했다기 보다도 안했다는 표현이 맞을 것이다. 그는 어금니를 물었다. 심종택 덕분에 굶지 않고 밥은 먹지만 이제까지 목돈을 쥐어 본적이 없다. 그만큼 돈에 대해서는 철저한 심종택이었다. 그가 알기로는 한 달에 10억이 넘는 돈이 수중으로 들어가는 데도 간부들에게 10만 원 짜리 봉투를 나눠준 적도 없는 인물이었다.

밤 9시가 되어가고 있었지만 고수부지에는 밤바람을 쏘이려 나온 사람들이 많았다. 초여름의 맑은 날씨여서 아이들을 데리고 나온 부부들도 보였고 10대들은 무리를 이루어 춤을 추거나 노래를 했다. 소란스런 분위기였다.
"저쪽으로 가."
양숙명이 손을 들어 강쪽을 가리켰다. 강은 짙은 어둠에 덮여 있어서 보이지 않았지만 비린 듯한 물 냄새는 났다. 시멘트 제방 위는 비어 있었는데 겨우 한사람이 다닐 만큼 폭이 좁았기 때문일 것이다. 경철이 저고리를 벗어 시멘트 바닥 위에 깔고는 양숙명의 손을 잡고 제방 위에 나란히 앉았다. 급경사 진 발밑은 강물이었고 시멘트 제방에 부딪쳐 흩어지는 흰 물끝이 보였다. 강 건너편의 강북 강변도로 위를 달리는 차량들의 전조등이 끝없이 이어져 있다. 양숙명은 한쪽 무릎을 세워 두 팔로 감아 안은 자세였는데 턱이 무릎 위에 놓여졌다. 그리고는 한동안 앞쪽만 바라본 채 입을 열지 않았다. 경철은 그 동안 양숙명과 한 달에 한 번 정도로 만나오는 터여서 이제는 서로의 환경도 다 알았다. 그리고 나이 차가 다섯 살이나 나는 것도 상당히 극복이 되었으며 특히 사제지간이었다는 부담이 양숙명쪽에서부터 많이 줄어들었다 경철이 양숙명의 옆얼굴을 바라보았다. 어두웠으나 선이 가는 양숙명의 얼굴 윤곽이 희미하게 드러났다. 양숙명은 이렇게 말없이 앉아 있을 때가 많았다. 마주 앉았을 때는 시선이 향해져 있었어도 초점은 경철을 뚫고 뒤쪽이었다.

"회사는 잘 돼?"

양숙명이 앞쪽을 본채 가늘게 물었다.

"잘 돼요."

"경철씨는 사업가 체질인가봐."

언제부터인가 양숙명은 경철의 이름밑에 씨자를 붙였다. 경철이 손을 뻗어 양숙명의 셔츠 칼라를 세웠다. 머리를 올려 묶어서 드러난 뒷목이 허전해 보였기 때문이다. 양숙명이 머리를 돌려 경철을 보았다.

"하고 싶은 말이 많았는데 이렇게 만나고 나면 언제나 말이 막혀."

"아무 생각도 안나요?"

"안나."

"나도 그래요."

그러자 양숙명이 희미하게 웃었다. 바람결에 양숙명의 몸 냄새가 맡아졌다. 연한 화장품 냄새에다 살 냄새가 섞여진 이냄새에 경철은 익숙해져 있다. 양숙명이 경철의 손을 잡았지만 곧 경철의 큰 손안에 쥐어졌다.

"나, 오늘밤에 어디로 데리고 가."

"집에 안들어가도 돼요?"

"응, 오늘은."

"그럼 가요."

서둘러 일어선 경철이 양숙명의 어깨 밑을 잡아 일으켜 세웠다. 양숙명이 이를 드러내며 웃었다.

"시간 많은데 왜 서둘러?"

같이 밤을 지내는 것은 처음이다. 이제는 서로의 몸에 익숙해져서 양숙명이 먼저 눈치를 보이는 적도 있었지만 늦더라도 꼭 집에는 돌아갔던 것이다.

이천의 호텔에서 경철은 작년에 정팔호의 제안으로 간부급 부하 10여 명과 함께 온천욕을 겸한 단합대회를 한 적이 있다. 그래서 낯이 익은 호텔 직원이 말도 하기 전에 그들을 8층의 특실로 안내했는데 양숙명은 방에 들어설 때까지 경철의 팔을 두 손으로 끼고 있었다.

"씻고 올게."

문을 잠그는 경철의 등에 대고 양숙명이 말하고는 화장실로 들어갔다. 과정은 언제나 똑 같았다. 그동안 경철은 방안의 불을 완전히 꺼놓아야 한다. 양숙명은 옷도 화장실 안에서 벗었으며 나올 적에는 꼭 큰 타월을 세로로 세워 알몸을 가슴부터 가리고 나왔다. 화장실에서 물소리가 들렸을 때 경철은 옷을 벗어 던졌다. 금방 알몸이 된 경철이 화장실의 문을 열고 들어서자 샤워기 밑에 서있던 양숙명이 질색을 하며 돌아섰다.

"나가!"

당황한 양숙명이 손으로 젖가슴과 음부를 가리며 움츠렸을 때 경철이 다가가 껴안았다. 샤워기의 물이 경철의 등으로 쏟아졌다. 경철은 머리를 뒤로 젖히는 양숙명의 입술을 찾았다. 입술이 닿으면서 양숙명이 두 팔로 경철의 목을 감았다. 경철은 양숙명의 두 다리를 두 손으로 들어올리고는 화장실의 벽에 붙였다. 들린 양숙명이 놀란 듯 눈을 크게 떴다가 곧 경철의 남성이 진입해오자 눈을 감고는 머리를 뒤로 젖혔다. 낮지만 높은 신음소리가 양숙명의 목구멍에서 울렸다. 그리고는 양숙명의 두 다리가 경철의 허리를 힘껏 조였다.

"나 여행 다녀올 거야."
침대에 누우면서 양숙명이 눈을 감은 채 말했다.
화장실에서 물기를 닦지 않고 나왔기 때문에 경철은 양숙명의 알몸을 타월로 꼼꼼하게 닦았다. 양숙명이 생각난 듯 물었다.
"영어공부 잘 돼?"
"선생은 늘었다고는 하지만 그냥 그래요. 그런데 여행은 어디로 가세요?"
"영국."
"얼마 동안이나?"
"꽤 있을지도 몰라."
경철이 양숙명의 발을 닦던 손을 멈추자 양숙명이 눈을 떴다.
"여행이 될지 머물게 될지 모르겠어."
"머무는 건 왜요?"
"공부를 하고 싶어서."
한동안 양숙명을 내려다보던 경철이 다시 발을 닦았다.

"내가 학비는 댈 테니까 내 대신 공부하세요. 그럼."
"그건 싫어."
"그렇게 안 한다면 못 가게 할 건데요?"
"그래, 그럼 할게."

양숙명이 웃었으므로 경철도 따라 웃었다. 그러나 가슴은 그 말을 들었을 때부터 내려앉고 있었다. 떠나려는 것이다. 5년이 넘도록 만나오면서 양숙명은 가족 이야기는 거의 하지 않았다. 양친과 여동생이 하나 있으며 부친이 은행의 부장이고 여동생이 대학에 다닌다는 것이 가족 이야기의 전부였다. 타월을 던진 경철은 양숙명의 알몸 위에 시트를 덮었다. 그러는 그를 양숙명은 눈도 깜박이지 않고 바라보았다.

"우리는 한번도 미래 이야기를 하지 않았어. 그지?"

경철이 머리를 끄덕였다. 양숙명이 가족 이야기를 해주지 않은 것도, 그리고 요즘 들어 자주 멍한 얼굴이 되는 것도 모두 불투명한 미래 때문이다. 미래에 자신이 없는 것이다. 조급해진 경철은 침대 끝에 앉았다.

"내 목표는 서울에서 기반을 잡는 것입니다. 그래서 서울로 진출하려고 지난 5년 동안 노력해 왔지요."

양숙명의 잔잔한 시선을 받은 경철이 길게 숨을 뱉었다.

"나한테 사회가 뭔지를 알려주고 아버지처럼, 스승처럼 인도해준 분의 꿈이기도 했습니다. 그리고 그 일이 내 적성에도 맞았어요. 성장기에 그렇게 살도록 배웠기 때문인 것 같습니다."

"……"

"숙명 씨하고의 미래는 생각해 보지 못했습니다. 왜냐하면 이 일을 하는 동안 언제 어떤 일이 닥칠지 알 수 없었기 때문이지요."

"……"

"하지만 숙명 씨가 내 옆에 있다고 생각하면 언제나 마음이 따뜻해졌고 기운이 났습니다. 숙명 씨는 내가 꿈꾸었던 어머니도 되었고 애인도 되었으니까요."

양숙명이 눈을 감았지만 경철의 말이 이어졌다.

"이제 발을 디딘 이상 결말이 납니다."

"언제? 어떻게 되었을 때?"

눈을 감은 채 양숙명이 묻자 경철이 몸을 굳히고 대답했다.

"3년, 그때에는 내가 없어지던가 딛고 일어서던가 둘 중의 하나가 되겠지요."

경철이 손을 뻗어 양숙명의 얼굴을 쓸었지만 눈은 뜨여지지 않았다.

"나는 그렇게 자랐습니다. 그래서 지금은 우리의 미래를 약속할 수가 없어요."

두 달째 동남프로덕션의 결산에서 경상 이익은 3억 2천이었다. 본래의 계약대로라면 이 금액에서 임금과 관리비를 뺀 순이익에서 3할을 심종택에게 주어야했지만 변준기는 이번에도 3억 2천의 3할인 9천 6백을 계산해서 회장실로 들어갔다. 이 돈을 빼면 회사는 지난 달 보다는 적었지만 2천 가까운 적자를 내게 될 것이었다. 서류를 훑어보면서 경철이 머리를 끄덕였다.

"경상이익에서 3할을 뺐어도 이번 달에는 지난 달 보다 적자가 많이 줄었군 그래."

머리를 든 경철이 얼굴에 웃음기를 떠올렸다.

"수고했어, 그리고…."

그가 이번에도 서랍을 열더니 봉투 하나를 꺼내어 변준기의 앞으로 밀었다.

"접대할 곳도 많을 텐데 쓰도록 해."

"회장님."

정색한 변준기가 한 걸음 다가와 섰다.

"제가 이 돈을 받을 명분이 없습니다."

"매달 이 정도는 줄 생각이었어. 받아둬."

경철이 턱으로 봉투를 가리키며 다시 웃었다.

"다음 달에 더 매출을 올리면 적자는 면하게 될 것 같은데, 그렇지 않나?"

"말씀 드릴 것이 있습니다."

긴장한 얼굴로 변준기가 경철을 보았다.

"주 부장한테 경상이익금을 2억 2천 정도로 줄여서 서류를 만들라고 하십시오. 제가 서류 만드는 걸 돕겠습니다."

"그게 무슨 말이야?"

정색한 경철이 묻자 변준기의 목소리가 더 낮아졌다.

"이번 달에는 신생업소에 회원들을 대폭 공급시킨 바람에 매출이 늘었는데 그것은 경성회쪽에서 전혀 모릅니다. 서류를 조작해도 의심받지 않습니다."

경철이 의외인듯 변준기를 바라보았다. 변준기는 심종택을 속이자는 것이다. 2억 2천으로 서류를 만들면 심종택에게 가는 돈은 6천 6백이 될테니 3천이 절약된다. 이윽고 경철이 입을 열었다.

"변 상무, 당신이 지금 무슨 일을 하려는 것인지 알고 있나?"

"알고 있습니다."

커다랗게 머리를 끄덕인 변준기가 손등으로 이마의 땀을 씻었다.

"두 달 동안 회장님을 가깝게 모시면서 결심한 일입니다. 제가 돈 때문에 이러는 건 아니올시다."

"난 경성회에 비하면 아직 병아리야. 변 상무가 위험해질 수도 있어."

"당분간 뒤에서 돕겠습니다."

"고맙네."

머리를 끄덕인 경철이 자리에서 일어나 변준기에게 손을 내밀었다. 변준기가 손을 잡았을 때 경철은 다른 손으로 봉투를 집어 그의 주머니에 쑤셔 넣었다.

"이 돈은 부담 없이 쓰도록 해. 난 내 사람들한테는 돈을 아끼지 않아."

"지난달부터 눈치가 이상허긴 헸습니다"

박삼이 밝은 표정으로 말했다.

"며칠 전에는 저한티 와서 업소 종업원들 월급이 너무 짜다고 불평을 허더만요."

업소는 경성회가 장악하고 있었으니 심종택이 짜다는 말과 같다.

강남대로를 달리는 차 안이다. 뒷좌석에 나란히 앉은 경철과 박삼은 변준기의 이야기를 하는 중이었다.

"심종택이 부하들에게 인색한 건 사실인 모양이다."

쓴웃음을 지은 경철이 의자에 등을 기댔다.

"업소에 파견된 부하들이 온갖 부정을 저지르고 있더군. 대부분의 업주들이 장사를 집어 치우고 싶어도 임자가 나타나지 않아 고민한다고 들었다."

"심종택의 재산은 수백억입니다. 청담동에 빌딩이 한 채있고 동대문 근처에도 건물 두 동을 소유하고 있습니다."

"부하들을 등쳐서 모은 재산이지."

경철이 앞쪽을 바라보며 혼잣소리처럼 말했다. 그 동안 심종택에 대해서 철저하게 조사를 해 놓았던 것이다.

타나가 무대에서 내려왔을 때 기다리고 있던 강재길이 옆쪽으로 끌었다.

"야, 7번 테이블로 가."

한국어를 대충 알아듣는 타나였으므로 바짝 다가선 강재길이 소근대며 말했다.

"2차 나가자면 50내라고 해. 알았지?"

무대복 위에 가운을 걸친 타나가 7번 테이블로 다가갔을 때 테이블에 앉아있던 세 사내가 일제히 머리를 들었다. 무대 위에서 춤을 추는 동안 타나도 테이블을 관찰했던 터라 셋이 자신을 주목하고 있다는 것을 알고 있었다.

"여기 앉아."

사내 하나가 일어서더니 티나를 안쪽으로 앉혔다. 무대 위에서는 김 언니가 솔로를 추고 있었는데 활기가 없다. 무대에서 시선을 돌린 손님들이 이야기를 나누거나 미뤘던 술 주문을 하는 시간이었다.

"이봐, 네 이름이 뭐야?"

20대 후반쯤으로 양복을 단정하게 차려입은 가운데 사내가 물었다. 술값이 비싼 역삼동의 천지클럽은 벤처사업을 하는 젊은 사장들의 단골 클럽이었는데 지난 달 부터 발길이 뚝 끊겼다. 알아보았더니 돈을 물 쓰듯 했던 벤처 사장들은 한 놈도 빼놓지 않고 거지가 되었다고 했다. 그래서 요즘은 예전으로 돌아가 대기업체 간부들이나 근처 상가의 주인들이 주고객이 되었다. 티나가 맑은 눈을 들어 사내를 보았다.

"네, 티나입니다."

"한국말 잘 하는구나."

"열심히 배웠어요."

"러시아 어디서 왔어?"

"하바로프스크."

거기까지는 백 명이면 백 명이 똑같이 묻는 질문이었다. 옆쪽에 앉은 사내가 콜라에 얼음을 띄워 티나 앞에 놓았다. 좋은 매너여서 긴장이 풀린 티나는 콜라 잔을 들었다. 가운데 사내가 다시 물었다.

"관광비자로 왔지?"

"네, 다음 달이면 끝나요"

"그럼 나갔다가 다시 들어올 거야?"

"그래야죠. 1년만 더 일할 생각이니까."

관광비자는 유효기간이 6개월이니 1년을 더 일하려면 두 번 나갔다가 들어와야 한다. 사내가 10만 원권 수표를 꺼내더니 티나의 손에 쥐어주었다.

"이건 팁이다. 그런데 2차비는 얼마냐?"

"50만 원."

그러자 옆쪽에 앉은 사내 둘이 소리내며 웃더니 하나가 손가락 셋을 폈다.

"이게 점잖게 바가지를 씌우는데, 인마 30이면 되지않어?"

"그럼 30으로 해요"

티나가 따라 웃으며 말했다.

"가끔 바가지가 통할 때도 있거든요."

대성회장 고근식은 손대호 휘하 오목회의 6개 파벌 중에서 제일 세력이 컸고 회장 중의 최고참이었다. 그래서 차기 오목회의 회장으로 유력시 되었는데 경쟁자라면 서열 2위이며 강남 요지를 장악하고 있는 경성회의 심종택이 될 것이다. 고근식의 대성회는 주로 성한건설을 주축으로 하는 건설관계 사업과 성한운송이 주축이 되어 있었으므로 규모 면으로는 경성회의 두 배가 넘었다. 그러나 대성회가 조직사업에서 한 단계 상승한 양성적인 경영 방식으로 옛 껍질을 벗어 가는 반면에 경성회는 아직도 음성적인 수입원에 의존하면서 조직을 강화시켰다. 그래서 사업 규모와는 달리 조직원의 규모에서는 두 세력이 비슷했다. 고근식은 40대 후반으로 손대호와 함께 오목회를 창설한 인물이다. 따라서 심종택보다 10년쯤이나 선배였다. 아침 9시 정각에 성한건설의 회장실에서 고근식은 손님을 맞았다. 손님은 오목회의 감사 격인 공재국이다.

"아니, 고문께서 갑자기 웬일이십니까? 연락도 주시지 않고."

육중한 체격의 고근식이 각진 얼굴을 펴고 공재국을 맞았다. 그와 비교하면 공재국의 체격은 반 밖에 안되었다.

"무슨 거창한 행차라고 연락을 한단 말이요. 그냥 생각나서 들린 것이지."

자리에 앉은 공재국이 대머리를 쓸어 올리면서 웃었다. 그는 오늘도 낡아빠진 양복을 입은 데다 뒤 굽이 다 닳은 구두를 신었다. 인삼차를 내려놓고 비서가 나갔을 때 공재국이 웃음 띤 얼굴로 고근식을 보았다.

"고 회장, 우리 영감님이 자꾸 중이 되시겠다고 해서 야단이오."

"그것 참."

따라 웃으면서 고근식이 입맛을 다셨다.

"옛날에도 그러셨지 않습니까? 허지만 석가탄신일 같은 부처님 행사에도 시주하시는 건 한 번도 못 보았습니다."

"그런데 이제는 진담 같단 말씀이야."

"고문께서 말리셔야지요."

"내 말을 들을 영감님이라면 내가 이곳에 오지도 않았소."

정색한 공재국이 인삼찻잔을 내려놓았다.

"지리산 깊은 골짜기 한 곳에다 절을 짓고 그 곳에서 절밥을 먹으면서 여생을 보내시겠다는 거요. 절을 지을 장소도 벌써 다 알아 놓았다는데."

"그럼 야단인데."

고근식도 정색했다.

"오목회는 어떻게 하시려고?"

"내가 그렇게 물었더니 6개 파벌은 이미 기반을 잡았으니 각기 제 갈 길로 가면 되지 않느냐고 하시더만."

"하지만…"

말을 멈춘 고근식이 공재국을 바라보았다. 손대호는 막대한 재산을 소유하고 있는 것이다. 그것이 얼마나 되는지는 고근식도 자세히 모른다. 고근식의 시선을 받은 공재국이 입맛을 다셨다.

"난 그것까지는 묻지 않았소. 노련한 영감이라 무슨 속셈을 갖고 계시겠지."

"어떻게든 말리셔야 합니다."

얼굴을 굳힌 고근식이 공재국을 향해 상체를 굽혔다.

"10년 가깝게 잘 유지되던 질서가 무너질지도 모릅니다. 고문께서 내 말을 꼭 회장님께 전해주시오."

"내가 회장 허락도 받지 않고 이곳에 온 터라 그렇게 할 수는 없고."

공재국이 목소리를 낮췄다.

"고 회장이 모른 척 영감님을 찾아가 의중을 한번 떠보시오. 아마 그 방법이 나을 것 같소."

"제가 말입니까?"

"그렇소."

목을 늘인 공재국이 눈을 크게 떴다.
"이 이야기는 내가 고 회장한테만 알려 주는 거요."

"외국인 회원들은 우리한테 받는 한 달 70만 원 월급이 고정수입입니다."
박규진이 서류의 한쪽을 손끝으로 짚었다.
"만일 손님 테이블에 불려가지 못하거나 2차를 나가지 않으면 그 70만 원도 숙식비네 교통비로 다 공제되지요."
경철의 숙소인 20평 형 오피스텔 안에는 경철과 박삼 그리고 최동재와 주상덕 등 동남프로덕션의 핵심 간부들이 모여앉아 있었다. 박규진은 두 달에 걸쳐 경성회의 조직과 업소 그리고 고용인들의 대우까지도 파악했고 그 결과를 보고 하는 중이다. 그가 말을 이었다.
"숙식비로 1인당 한 달에 40만 원, 관리비 20만 원을 떼면 팁과 2차비용으로 살아야 하는데 팁 5만 원 중 3만 원을 보호비로 떼고 2차비에서도 20만 원을 뗍니다. 그러니 여자들이 2차를 안 나갈 수가 없지요."
"2차비용을 30만 원 받는다면 10만 원이 돌아오는 셈이로군."
기가 막히다는 표정으로 주상덕이 말하자 박규진이 머리를 끄덕였다.
"예, 그것도 인기가 있고 잘 빠져야 2차를 나가는데 천지 클럽의 잘 나간다는 티나라는 애도 할 달에 2차를 7, 8번 나가면 많이 나가는 셈이라고 합니다."
"그럼 여자들의 수입이 백만 원도 안 된다는 말이군 그래."

"관리하는 놈들에게 교통비네 술값을 뜯기는 데다 옷도 사입어야 하니 타나도 한 달에 30만 원 벌기가 빠듯하다고 합니다."

"다른 여자들은 빚을 지겠구만."

관리부장 최동재가 씹어뱉듯 말했다.

"제가 변 상무한테서 들었습니다."

주상덕은 요즘 변준기와 자주 어울렸는데 경상이익을 심종택에게 줄여서 보고한 이후로 부쩍 가까워진 것이다. 주상덕이 말을 이었다.

"목표가 세워져 있다는군요. A, B, C 등급으로 나눠서 A등급은 200, B등급은 150, C등급은 100만 원으로 상납대금을 정해놓았다고 합니다. 거기에다 관리하는 놈들도 제 몫을 챙겨야 하니 여자들 생황은 비참합니다. 비자 기간이 지나 불법 체류자가 되었으니 도망칠 수도 없는 처지라 놈들의 노예가 된 처지지요."

방 안에는 잠시 정적이 덮여졌다. 동남프로덕션에 소속된 외국인 고용인은 현재 1,150명이었다. 그들을 각 업소에 공급시키는 대가로 받는 금액이 지난달에 12억 3천쯤 되었으니 1인당 1백만 원 평균은 되었다. 그 금액에서 고용인과 계약한 대로 한 달 임금 70만 원 씩을 지급하고 남은 금액이 3억 2천인 것이다. 마침내 박삼이 분한 듯이 말했다.

"나, 이렇게 지독히게 뜯어먹는 놈은 첨 보았당게."

심종택을 말하는 것이다. 각 업소에 근무하는 심종택의 부하들은 동남프로덕션의 소속이 아닌 것이다. 따라서 심종택은 동남으로 부터 3할의 자금을 뜯어가는 동시에 동남회원인 여자들한테서는 그 몇

배 이상의 돈을 갈취해가고 있었다. 경철이 입을 열었다.

"심종택의 힘은 오목회라는 연합체가 배경에 있기 때문에 마치 성역처럼 여겨져 왔어. 오목회의 회장은 손대호라는 거물이야."

"좀처럼 외부에 얼굴을 나타내지 않는다고 들었습니다."

최동재가 말을 받았다.

"심종택의 경성회는 오목회의 6개 파벌 중에서 대성회 다음으로 조직 세력이 큽니다."

"이곳은 수원처럼 간단하지 않아."

경철의 말에 박삼이 번쩍 머리를 들었다.

"허지만 인자 내막은 훤하게 알게 되었고 변준기도 우리편으로 돌아섰습니다. 그리고 각 업소에 심어 논 애들도 100명이 넘습니다. 혀볼만 헙니다."

"전면전은 안된다."

머리를 끄덕인 경철이 말하자 방 안에는 숨소리도 그쳤다. 상경한지 다섯 달째가 되어 가는 날이었다.

심종택이 손대호에게 불려 간 것은 그로부터 며칠 후인 10월 초의 저녁 무렵이었다. 손대호는 단골로 다니는 한정식 집의 골방에 앉아 있었는데 이미 동동주 기운에 눈가가 붉어져 있었다. 옆에 앉아 시중을 들고있는 사내는 고문 공재국이다.

"어, 어서 오그라."

손대호가 납작하게 엎드려 큰절을 올리는 심종택을 보면서 웃었다.

"이런 젠장, 절은 한번만 해라. 실수로 두 번 하지는 말어."

농담이었지만 심종택은 웃지도 않고 정색하며 앉았다. 순천집은 구이동 골목에 파묻힌 싸구려 음식점이다. 주인 할머니가 30년 째 운영하는 곳으로 손대호는 소싯적에 이 집의 국밥으로 끼니를 때웠다고 했다. 상위에 먹음직스런 안주가 놓여졌지만 상은 낡고 상다리 모서리가 떼어졌다. 심종택은 문득 손대호 모양이 술상과 같다는 생각을 했다. 사발에 동동주를 따라준 손대호가 입을 열었다

"그놈하고는 일이 잘되나?"

"누구 말씀입니까?"

했다가 심종택은 어깨를 으쓱한다.

"예, 별일 없습니다."

손대호가 경철과의 관계를 물은 것이다. 손대호가 웃음 띤 얼굴로 말했다.

"그놈이 계속 적자를 보는 모양인데, 오래 배겨날까?"

"글쎄요, 그것까지는 판단하기 어렵습니다."

"수원에서 모은 돈을 이곳에다 몽땅 쏟아 붓고 돌아갈 모양이군."

"세상이 넓다는 걸 깨달았겠지요."

심종택이 웃음 띤 얼굴로 손대호를 보았다.

"노력하면 적자를 줄여 갈 수는 있겠지만 기반을 만들기는 어려울 겁니다."

"내가 절을 하나 지으려고 해."

불쑥 손대호가 말했으므로 동동주 잔을 들었던 심종택이 눈을 껌벅였다.

"절을 짓다니요? 그게 무슨 말씀입니까?"

"회장님께서 중이 되시겠단 거요."

잠자코 있던 공재국이 입을 열었다.

"벌써 지리산 깊은 곳에 터를 잡아 놓으셨습니다. 곧 공사를 시작할거요."

"아니 그렇다면."

심종택이 놀란 듯 눈을 둥그렇게 떴지만 손대호는 느긋하게 웃었다.

"나는 은퇴하는 거지."

"그럼 오목회는 어떻게 됩니까?"

"오목회가 없어도 6개 파벌은 각각이 자리를 잡았어. 무슨 일이 생기면 회장들이 모여서 협의하면 되겠지."

심종택이 머리를 저었다.

"안됩니다. 회장님, 회장님이 계셔야 합니다."

"이것 봐, 이미 연합회는 유명무실하게 되었어. 내가 회비를 안 받은 지도 3년이 되었지 않나?"

"그래도 회장님이 계셨으니까 파벌간의 분쟁이 없었습니다."

"나도 늙었어. 그리고 이제는 조직사회도 시장원리에 의해서 지배되어야 한다."

정색한 손대호가 술잔을 들었다.

"경쟁력이 없는 조직은 해체되어야 한단 말이야. 힘으로 지배하는 시대는 지났어."

"대회장님 재산은 3조는 될 겁니다."

돌아오는 차 안에서 홍동신이 낮은 목소리로 말했다. 심종택이 손대호의 뜻을 말해준 것이다. 그가 정색한 얼굴로 심종택을 보았다.

"설마 그 3조를 갖고 절로 가신다는 건 아니겠지요?"

"이봐, 시끄럽다."

하고 심종택이 나무랐지만 목소리가 크다는 뜻은 아니었다. 심종택이 입술만을 움직이며 말했다.

"그것이 문제다. 미국에서 그림 공부한다는 딸한테 넘겨주던가 아니면 사회사업 단체에 기부하던가 그것도 아니면…."

그러자 홍동신도 속삭이듯 말했다.

"대회장은 후계자를 세우지 않겠다고 했지만 그 재산의 반만 물려받아도 6개 파벌을 지배하게 됩니다."

당연한 일이다. 6개 파벌의 사업체 중에서 약 3할 정도가 손대호 소유의 건물을 임대하여 사용하고 있는 것이다. 건물의 소유주가 되면 사업장에 대한 주도권을 당연하게 행사하게 된다. 심종택이 아랫입술을 질근질근 씹었다.

"고근식한테도 대회장은 중이 된다는 이야기를 했겠지. 그렇지 않나?"

"안할 이유가 없습니다."

"공자 영감을 구슬려 볼까?"

그러자 홍동신이 금방 머리를 저었다.

"안됩니다. 그 영감을 구슬렸다가는 역효과가 납니다. 아마 그 영감도 대회장을 따라 중이 될지도 모르니까요."

"그렇다면 대회장의 처분만 기다리고 있어야 한단 말이냐?"

눈을 치켜뜬 심종택이 묻자 홍동신이 다시 머리를 끄덕였다.
"방법을 생각해 봐야지요."

"두 시간 동안 있었다구?"
담배를 비벼 끈 고근식이 배용수를 노려보았다. 인사동에 있는 요정 상진의 방 안이었다. 시청의 국장급 간부들과 술좌석을 벌이고 있던 고근식은 배용수의 연락을 받고 옆쪽의 빈방으로 건너온 것이다. 배용수가 머리를 끄덕였다.
"예, 순천집에서는 대회장과 공 고문 둘이서 심회장을 만났습니다."
"셋이 밀담을 했단 말이지?"
"예, 심 회장이 먼저 나갔고 대회장과 공 고문은 30분쯤 후에 나갔습니다."
"무슨 이야기를 했을까?"
"아마 그 말씀을 하신 것 아닐까요?"
그 말씀이란 대회장이 중이 된다는 것이었다. 고근식은 성한건설의 전무이며 심복인 배용수에게 지난 번 공재국으로부터 들은 이야기를 해 주었던 것이다. 고근식이 술기운으로 벌게진 눈을 부릅떴다.
"그 새끼를 불러서 어쩌겠다는 거야? 그 더러운 사채업자 놈을."
"회장님께서 한 번 대회장님을 만나시는 것이 나을 것 같은데요"
"만나서 어쩌란 말이냐?"
고근식이 버럭 언성을 높였을 때 문이 조심스럽게 열리더니 마담이 얼굴만 내밀었다. 그림 같은 미인이다.
"회장님, 김 국장님이 찾으시는데요."

"이 씨발년아, 지금 이야기하는 중이잖어?"

고근식이 잡아먹을 듯이 노려보았으므로 마담은 질색을 했고 배용수가 막아섰다.

"알았어, 곧 가실 테니까 잘 말씀드려."

문이 닫혀지자 배용수가 부드럽게 말했다.

"공 고문이 말씀 올린 대로 모른 척 대회장을 떠보시지요. 오목회의 장래에 대해서 이야기를 하셔도 되니까요."

"만일 그래도 나한테는 중이 된다는 소리를 안한다면?"

"공 고문이 우리 입장에 서 있는 것은 분명하지 않습니까? 공 고문이 거들어 줄 것 같습니다."

"대회장이 심종택이를 후계로 생각하고 있을까?"

"그럴 리가 있습니까?"

정색했던 배용수가 얼굴을 펴고 웃었다.

"경성회에 행동대원이 많은 건 사실이지만 요즘 조직이 주먹으로 좌우됩니까? 어림없는 일이지요."

"좋다, 내일 만나겠다."

자리를 차고 일어선 고근식이 자르듯이 말했다.

"영감이 오늘 심종택이한테 무슨 말을 했는지 모르겠지만 내일 내 앞에서 어떤 수작을 하는지 한번 보자구."

"저는 용진회와 재승회, 그리고 명일회에까지 손을 써 두지요."

용진회와 재승회, 그리고 명일회는 오목회의 6대 파벌에 속해 있지만 고근식의 대성회와 얽힌 사업이 많아서 유대가 강했다. 고근식이 크게 머리를 끄덕였다.

"그렇게 해. 그자들도 심종택이 이야기를 하면 펄쩍 뛸 것이야."

홍동신은 변준기가 방으로 들어섰을 때 막 일어서는 참이었다. 오전 10시 5분이었다.

"이봐, 늦겠어. 빨리 가자."

"어디로 간단 말이요?"

"가면서 말해주지."

변준기는 동남프로덕션에서 불러온 것이다. 그들이 회사 빌딩의 현관 앞으로 나갔을 때 승용차가 대기하고 있었다. 서두는 홍동신과 함께 뒷좌석에 오른 변준기가 입맛을 다셨다.

"도대체 무슨 일이요?"

"너, 곽명일하고 고등학교 동문이지?"

"6년 선배요."

"지금 곽 회장을 만나러 가는 거야."

변준기가 놀란 듯 눈을 크게 떴다.

"갑자기 곽 회장은 뭐하러 만납니까?"

"회장님의 선물을 가져가는 거야, 그러니까 너는 장단이나 맞춰 줘."

"갑자기 무슨 선물이란 말이요?"

"지난번에 곽 회장이 변두리 업소에 애들을 지원해 달라고 했지 않어?"

"그런데 거절했지 않습니까?"

"다음 날부터 200명을 지원해 준다는 결정이 났다. 모두 B급 이상으로."

"아니, 그러면…."

입을 딱 벌렸던 변준기가 곧 어깨를 으쓱거렸다. 곽명일은 오목회의 6개 파벌중에서 최 하위권인 명일회의 회장이다. 그는 잠실 부근을 세력권으로 삼고 있었는데 장악하는 업소는 많았지만 변두리 지역이어서 매상이 중심가의 5분지 1도 안되었다. 그래서 서너 달 전에 곽명일은 심종택에게 하다못해 C급이라도 좋으니 외국 여자들을 공급해 달라고 부탁했다가 일언지하에 거절당했던 것이다. 변두리 업소여서 임대료가 적을 뿐만 아니라 팁값이나 2차비용으로 들어오는 금액이 형편없었기 때문이다. 변준기가 의심쩍은 시선으로 홍동신을 보았다. 여자들 공급은 자신의 관할이니 홍동신은 자신을 앞세워야만 할 것이다.

"갑자기 왜 그러는거요? 매상이 뚝 떨어질 텐데 말이요."

"명일회를 우리편으로 끌어 놓아야 돼."

앞좌석에 탄 부하들에게도 꺼리는 듯이 홍동신이 몸을 바짝 붙이고 말했다.

"대회장이 곧 은퇴한단 말이다. 그렇게 되면 6개 파벌중에서 차기 오목회장이 선출될 거야."

"……."

"우린 이미 한강회장 서민수는 잡았어. 명일회만 우리하고 손을 잡으면 대성회하고 해 볼만하다."

홍동신이 이제는 아예 변준기의 귀에 입을 붙이고 말했다.

"시대가 영웅을 만든다는 말 들어봤지? 기회가 왔단 말이다. 잘하면 너도 몇 계단 뛰어서 파벌을 갖게 될지도 모른다."

"늦어서 미안해."

방으로 들어선 경철이 웃음 띤 얼굴로 말했다. 1시 10분 이었다. 일식집의 방 안에는 박규진과 여자 셋이 자리에서 일어서 있었는데 여자들의 피부가 햇볕에 탄 것처럼 보이는 데다 불안한 표정이었다. 박규진이 서둘러 여자들을 경철에게 소개했다. 경철에게 머리만 숙여 보인 여자들은 다소곳한 태도로 상 주위에 앉았다. 박규진이 종업원을 불러 음식을 시키는 동안 경철은 여자들을 차분하게 둘러보았다 피부는 검었지만 모두 미인이었다. 그들은 태국에서 공급된 여자들인 것이다. 동남프로덕션에는 태국출신 고용원이 100명 가깝게 있었고 이들 셋이 그 중에서 리더격이었다. 경철이 앤이라고 자신을 소개한 오른쪽 여자를 보았다. 가닐픈 몸매였지만 두 눈을 치켜뜨고 있어서인지 매서운 인상이었다.

"한국에 온 지 몇 년 되었지요?"

"2년 되었습니다."

앤이 분명한 한국어로 대답했다. 앤을 포함한 셋 모두가 불법체류자였고 심종택의 경성회 소속 부하들로부터 각각 500만 원이 넘는 돈을 받지 못하고 있다. 그러나 그것은 앤 측의 생각일 뿐 심종택의 부하들은 전혀 줄 것이 없다는 것이었다. 증거도 없을 뿐만 아니라 만일 있다면 법으로 해 보라는 식이어서 그들에게 감히 달라는 소리도 하지 못했다. 불법체류자 신세인지라 경찰에 잡히기만 하면 무일푼 상태로 추방되기 때문이다. 앤의 시선이 경철에게 떨어지지 않고 있었다. 적개심이 가득 찬 시선이다. 그들에게 동남프로덕션의 회장은 착취자의 원흉으로 밖에 보일지도 모르는 것이다. 경철이 입을 열었다.

"동료들도 관리자들한테 받을 돈이 있습니까?"

"예, 거의 다."

앤이 또렷하게 대답하더니 물었다.

"그건 왜 물으세요? 갚아 주시려구요?"

"이봐, 그 일은 우리 소관이 아니야."

아까부터 앤의 분위기에 불안해하던 박규진이 서둘러 말했다.

"업소에 있는 놈들이 경성회 소속이란 걸 당신들도 잘 알지 않어?"

"그럼 우리를 왜 보자고 한 거예요?"

"당신들을 돕고 싶어서요"

경철이 정색하고 말했다.

"앞으로는 더 이상 이렇게 착취당하게 하지는 않겠소. 그리고 돈도 받을 수 있도록 해 주겠소."

"우리가 몸을 팔아서 번 돈이에요."

앤의 크게 뜬눈에 물기가 번져졌다.

"그런데 불법체류자라는 약점을 잡아서 2차 비용 30만 원 중에서 3만 원씩만 주고 나머지는 떼어먹었어요. 그러니 우리한테는 거의 팁값도 돌아오지 않아요."

"……"

"지난달에 그것을 항의했던 두 명은 곧장 출입국 관리소로 넘겨져서 추방당했어요"

마침내 앤의 눈에서 눈물이 흘러내렸으므로 경철은 어금니를 물었다. 사육하는 짐승도 이렇게 대하지는 않을 것이다.

박삼과 변준기가 경철을 찾아왔을 때는 오후 5시경이었다.
"회장님, 변 상무가 보고 드릴 일이 있다고 허는디요."
회장실의 소파에 앉은 박삼이 먼저 말하고는 변준기를 힐끗 보았다. 둘은 부쩍 사이가 가까워져 있었지만 함께 회장실에 들어오는 것은 삼갔다. 회사 안에는 아직도 심종택의 부하가 반 이상이어서 변준기가 경계했기 때문이다. 경철의 시선이 옮겨져 왔을 때 변준기는 침부터 삼켰다. 긴장으로 굳어진 표정이었다.
"오늘 오전에 경성회에 불려갔다가 홍동신이하고 명일회의 회장을 찾아가 만났습니다."
낮았으나 또박또박한 목소리로 변준기가 말을 이었다.
"대회장이 곧 은퇴한다는 겁니다. 그래서 대회장을 노리고 경성회 심 회장이 명일회를 포섭하려는 것이지요."
경철과 박삼은 숨을 죽였다. 오목회라는 강대한 연합체제 안에서 6개 파벌이 공존할 수 있었던 것은 오목회장 손대호의 위력이 절대적이었던 것이다. 그들은 아직 손대호를 본 적도 없었지만 그의 권위는 피부로 느껴왔다. 변준기가 말을 이었다.
"명일회의 곽명일 회장은 협조하겠다고 약속했지만 그 사람 성격은 제가 잘 압니다. 대성회에서 더 좋은 조건을 내밀면 변절할 것입니다."
"그럼 대성회와 경성회 간의 패권 경쟁인가?"

경철이 묻자 변준기가 커다랗게 머리를 끄덕였다.

"오후에 알아보았더니 대성회에서는 이미 용진회와 재승회를 포섭해 놓았더군요. 그리고 대성회의 고 회장이 대회장 을 내일 만나서 담판을 짓겠다는 겁니다."

오목회에 분란이 일어난 것이다. 머리를 든 경철이 변준기를 보았다.

"심회장은 지금도 외국인 여자들을 가혹하게 착취하고 있더구만, 변 상무도 그것을 알고 있겠지?"

"압니다."

시선을 내린 변준기가 입술을 비틀며 웃었다.

"사람이 할 짓이 아니지요. 심 회장은 여자들한테서 한 달에 10억 정도를 뜯어갑니다. 모두 몸을 판돈을 착취하는 것이지요."

"그리고 심종택의 부하들은 그 보다 훨씬 더 뜯어내는 것 같던데."

"그렇습니다. 불법체류자가 되었으니 여자들은 꼼짝없이 노예신세가 된 거지요. 몇 달 전에는 러시아 여자 둘 하고 동남아 여자 셋이 자살을 했는데 그냥 야산에 묻어 버렸습니다."

"개 같은 놈이구만요, 잉?"

하고 눈을 치켜뜬 박삼이 말했지만 경철은 잠자코 머리만을 끄덕였다. 변준기가 입을 열었다.

"회장님, 심 회장이 오목회 회장이 되면 동남프로덕션의 소생 가능성은 더 없어집니다 회장님이 손을 쓰셔야 합니다."

그러자 긴장한 박삼이 눈을 크게 떴고 경철도 정색했다. 변준기로부터 이렇게 빨리 이런 적극적인 제의가 오리라고는 예상하지 못했던 것이다.

"변 상무, 그건 무슨 말이야?"

경철이 묻자 변준기가 똑바로 그를 보았다.

"회장님이 그저 서울에서 기반만을 굳히려고 이런 손해를 감수하면서까지 진출하시지는 않았을 겁니다. 그래서 이번 일이 기회라고 말씀드리는 것입니다."

"그럼 나더러 대권 싸움에 끼어들라는 말인가?"

"이미 회장님께선 심 회장의 업소에 2백 명 가깝게 돌격대를 심어두신 데다가 프로덕션 안에도 1백 명이 넘는 심복이 있지 않습니까?"

불쑥 변준기가 말을 받았지만 당황한 박삼이 경철의 눈치를 보았다. 정확한 계산이었던 것이다. 그러나 경철은 눈도 깜박이지 않고 있어서 마치 풍우에 닳은 돌부처 같이 느껴졌다. 변준기의 시선을 받는 경철이 입을 열었다.

"변 상무는 우리와 행동을 같이 하겠다는 말로 들리는데, 맞나?"

"그렇습니다."

"나에게 다른 뜻이 있다고 생각한 건가?"

"그렇습니다."

변준기가 확신에 찬 목소리로 말했다.

"심종택은 회장님을 다루기 쉬운 호구로 생각하고 있지요. 하지만 저는 회장님을 가까운 곳에서 겪으면서 무서운 분이라는 것을 알게 되었습니다."

경철의 얼굴에 희미한 웃음기를 떠올리자 변준기는 더 긴장했다.

"아랫사람들이 마음으로부터 심복을 하더군요. 여기 있는 박 사장도."

눈으로 박삼을 가리켜 보인 변준기가 손등으로 이마에 배어 나온 땀을 닦았다.

"돈 때문에 회장님을 다시 보게 된 것은 사실이올시다. 하지만 저도 이제는 회장님을 마음으로 심복하게 되었습니다. 심종택을 배신하겠단 말씀입니다."

"고마운 일이지만 갑작스런 일이라."

"회장님, 부하들로부터 인심을 잃은 심종택을 몰아낼 기회는 지금입니다."

변준기의 목소리는 떨렸다. 분위기에 감동한 박삼도 무섭게 긴장한 얼굴로 경철을 바라보고 있다.

제4장
천하대란

"그래, 나한테 할 이야기란 뭔가?"

손대호가 부드럽게 묻자 고근식이 술잔을 내려놓았다. 구이동 골목의 순천집 골방 안이다. 오늘은 고근식의 면담 요청으로 손대호는 공재국과 함께 그를 맞았는데 며칠 전 심종택과 만났던 바로 그 골방에서와 같은 위치에 앉았다.

"회장님, 소문을 들었습니다만 은퇴하신다는 것이 사실입니까?"

"사실이야."

고근식이 어렵게 물었지만 손대호의 대답은 가벼웠다 동동주 잔을 든 손대호의 얼굴에 웃음이 떠올랐다.

"곧 자네한테 이야기 해 줄려고 했어."

"오목회장 자리를 공석으로 남겨 놓으시겠단 말씀이십니까?"

"오목회는 없어지는 거야."

한 모금 술을 삼킨 손대호가 정색했다.

"6개 파벌은 각자의 길을 걷는 것이지. 지금도 그렇게 하고 있지 않나?"

"회장님이 계시기 때문이란 걸 알고 계시지 않습니까. 회장님이 은퇴하시면 당장에 전쟁이 일어납니다."

"허어, 대성회와 경성회 사이의 전쟁이란 말이지?"

대뜸 손대호가 정곡을 찔렀으므로 고근식은 더 긴장했다. 그가 눈을 치켜떴다.

"그렇습니다. 심종택이 회장님을 이곳에서 면담하고 나서부터 맹렬하게 움직이고 있습니다. 어제는 명일회의 곽명일을 설득해서 제 편으로 끌어들이려고 했습니다."

"그래, 끌어들였나?"

"침이 넘어갈 만한 제의를 했더군요. 하지만 뜻대로 되지는 않을 겁니다."

"자넨 용진회와 재승회를 이미 끌어 들였더구만. 자네도 침이 넘어갈 만한 제의를 했겠지?"

그러자 고근식이 상체를 꼿꼿이 폈다.

"도대체 왜 이러시는 겁니까? 회장님께서는 이 분란을 즐기시는 것 같습니다."

"이봐, 말이 심하다."

이맛살을 찌푸린 손대호가 혀를 찼다.

"조금 지나면 내가 노망이 들었다고 할 얼굴이군 그래."

"심종택이를 먼저 불러 그놈한테 어떤 기대를 품게 해 주셨기 때

문입니다."

"난 그러지 않았어."

"확실하게 해 놓으시고 절에 가시던가 기도원으로 가시던가 하십시오."

각오를 단단히 한 듯 고근식이 다부지게 말했다. 그러자 손대호가 목젖까지 보이며 소리내어 웃었고 공재국의 얼굴에도 웃음기가 떠올랐다 한 모금 술을 삼킨 손대호가 입을 열었다.

"내가 산 속으로 가는 건 사실이야."

고근식의 잔에 술을 채운 그가 말을 이었다.

"하지만 내가 평생을 바쳐 만들어낸 오목회의 6개 파벌이 전쟁을 일으키도록 내버려두지는 않아."

"아니, 지금 상황이…."

말을 이으려던 고근식이 공재국의 눈짓을 받고 입을 다물었다.

"물도 오래 고여있으면 썩게 되지."

정색한 손대호가 말하자 고근식의 어깨가 늘어졌다.

"그건 무슨 뜻입니까?"

"두고봐, 그렇게들 서둘지 말고."

"심종택이한테도 그렇게 말씀하셨습니까?"

"심종택이도 자네하고 비슷한 이야기를 하더구만."

술기운으로 눈가가 붉어진 손대호가 흐물거리며 웃었다.

"이건 정치권에서 노상 부르짖는 개혁하고는 달라. 이곳에서도 시장원리가 정확하게 적용된다는 것을 자네도 이제는 알아야 하네."

태국출신 고용원 40여 명이 일제히 종적을 감춘 것은 심종택이 곽명일을 만난 지 닷새후 였다. 여자들은 모두 A급으로 이태원의 숙소 3곳에 배치되어 있었는데 숙소의 관리겸 감시자들을 감쪽같이 속이고는 잠적해 버린 것이다.

"계획적입니다. 숙소에는 헌 옷만 남겨둔 걸 보면 미리 귀중품도 빼돌린 것 같습니다."

프로덕션의 사무실 안에서 변준기에게 보고하는 영업부장의 얼굴은 하얗게 질려 있었다. 오후 5시경이어서 각 숙소의 고용인들이 출근준비 하는 시간이었다. 변준기가 눈을 치켜뜨고는 영업부장을 노려보았다. 그는 심종택의 직계로 명색은 변준기의 직속 부하였지만 보고는 심종택에게 직접 해 왔다. 말하자면 심종택이 심어놓은 또 하나의 직통라인이다.

"야, 숙소 관리를 어떻게 했길래 이 지랄이야. 이 개새끼야."

화가 폭발한 듯 변준기가 책상 위에 놓인 빈 커피 잔을 집어 던졌지만 영업부장 장만술의 어깨를 스치고 벽에 맞아 부서졌다. 장만술은 100여 개나 넘는 숙소를 관리하고 있는 것이다. 그때 노크 소리가 들리더니 영업과장 이태근이 서둘러 들어섰다. 그의 얼굴도 하얗게 질려 있었다. 그가 눈을 희번덕거리면서 말했다.

"큰일났습니다. 논현동 숙소 5곳과 대방동의 4곳 숙소에서도 연락이 왔습니다. 애들이 모두…."

그가 말을 마치기도 전에 장만술이 방을 뛰쳐나갔고 이태근이 뒤를 따랐다.

"병신같은 놈들."

의자에 등을 기댄 변준기가 비웃듯이 말했다. 지금부터가 시작인 것이다. 62개의 숙소에서 A급이 모여있는 25개의 숙소가 모두 비어 있을테니 곧 사무실은 호떡집에 불이 난 꼴이 될 터였다. 숙소관리는 영업부장 장만술의 책임이었지만 거의 모든 숙소 관리자들은 심종택의 본사와 직접 연결되어 있었다. 그것은 심종택의 용인술로서 한 사람에게 힘을 집중시키지 않고 견제시키려는 것이다. 그래서 변준기는 프로덕션의 내부 관리만 맡는 입장이다. 30분쯤 후에 변준기가 사무실로 들어섰을 때는 사무실 안은 예상했던 대로 호떡집에 불이 난 것처럼 아수라장이 되어 있었다. 전화기에 대고 악을 쓰는 놈이 있는가 하면 장만술과 이태근은 한 무리를 이끌고 사무실을 나갔다 들어왔다 하면서 난리가 났다.

심종택의 얼굴은 붉게 상기되어 있었다.
"애들을 모두 풀어서 샅샅이 뒤져라, 3백 명이 넘는 년 중에서 한 명이라도 잡아내면 줄줄이 끌려올 테니까."
그리고는 부숴 버릴 듯이 전화기를 내려놓았다. 벌써 장만술과 네 번째의 통화를 한 것이다. 옆쪽에 불안한 자세로 앉아있던 홍동신이 입을 열었다.
"주모자가 있을 겁니다. 작년에도 주모자가 있었지 않습니까?"
"이번에는 작년과 달라."
뱉듯이 말한 심종택이 어금니를 물었다. 저녁 7시 반이어서 업소들은 영업을 시작했을 테니 여자들이 빠진 상황이라 영업에 막대한 타격이 올 것이다. 물론 그 책임은 동남프로덕션이 질 테니 심종택은 직접적인 책임은 벗어나 있지만 자신의 20여 개의 영업장에서 받는 손해는 감수해야 한다. 그리고 여자들한테서 걷어들이는 수익금도 없어지게 되는 것이다. 더구나 A급만 모두 도망쳐 버렸다.

"배후가 있어."

심종택이 자르듯이 말했다. 작년에 러시아 여자 23명이 도망쳤을 때 마샤라는 블라디보스톡 출신이 주동이었다. 대학을 졸업한 인텔리였던 마샤는 관리자들의 착취에 반감을 가진 동료들을 규합하여 부산으로 도망쳤던 것이다. 그러나 마샤는 닷새 만에 잡혔고 나머지 일당들도 3명만 빼놓고 다 잡혔다. 그리고는 모조리 강제 출국되었는데 돈 한 푼 챙겨가지 못했다. 하지만 그때는 본보기로 그들을 출국시켰지만 지금은 상황이 다르다.

"배후라면 누구 말씀입니까?"

홍동신이 물었을 때 전화벨이 울렸다. 직통전화였다. 서둘러 전화기를 든 심종택이 소리치듯 응답한다.

"난데."

"심 회장님, 접니다. 김경철입니다."

"아, 김 회장."

심종택의 얼굴이 일그러졌다. 사건이 발생한 후에 경철로부터 온 첫 전화였다.

"네가 웬일이냐?"

"어떻게 된 일입니까? 지금 회사가 난리가 났는데요."

이맛살을 찌푸린 심종택의 귀에 경철의 목소리가 이어 들렸다.

"변 상무도 나한테 자세한 이야기를 해주지 않아서 답답합니다. 3

백 명 정도의 회원이 갑자기 비었다는데요."

"빈게 아니라 도망친 거다. 멍청한 놈아."

참다못한 심종택이 버럭 소리쳤다.

"하지만 곧 잡아 올 테니까 기다려."

내동댕이치듯 전화기를 내려놓은 심종택이 홍동신을 노려 보았다

"병신새끼, 나한테 항의하겠다는 거야 뭐야. 건방지게 전화질이라니."

"아까 배후 말씀을 하셨는데요."

홍동신이 상반신을 굽히고는 정색했다.

"회장님은 배후에 누가 있다고 생각하십니까?"

"이 새끼야, 고근식이 말고 누가 있겠어?"

대뜸 대답한 심종택이 질근질근 어금니를 씹었다.

"그 새끼가 내 사업을 망쳐 놓으려는 거다. 곽명일이한테 A급 애들을 공급시켜 주기로 한날이 내일 아니냐? 그 정보가 샌 게 분명해."

"그럴 가능성도 있는 것 같습니다."

"흐리멍텅한 대답일랑 말어! 씨발놈아!"

심종택이 다시 버럭 고함을 쳤으므로 홍동신은 숨을 죽였다.

"이 새끼야. 너도 그쯤 되었으면 네 소신을 말할 때도 되었지 않어? 책임질 말은 얼렁뚱땅 넘어가지 말란 말이다!"

"죄송합니다."

"급한 일이 생겼으면 도움이 되어야지. 내 눈치만 살피고 맞장구나 치라고 널 키운 게 아니란 말이야, 이 새끼야!"

당장 앞에 놓인 재떨이를 던질 기세였으므로 홍동신은 대꾸도 못하고 눈만 껌벅였다.

"대성회에서 빼돌렸다면 오산이나 파주 쪽을 샅샅이 뒤져야 돼."
장만술이 벌개진 눈으로 탁자 위에 놓인 지도를 보면서 말했다.
"파주에는 성한건설 공사현장이 있는 데다 기지촌이 근방에 있단 말이야. 오산도 마찬가지다."
"그쪽으로 애들이 벌써 갔습니다."
지친 듯이 두 눈을 비빈 이태근이 벽시계를 보았다. 밤 9시가 되어가고 있었지만 사방에 흩어진 부하들한테서는 아직 소식이 없다. 임시 작전본부로 사용하고 있는 죠나단 클럽의 사무실 안이다. 10여 명의 부하들이 제각기 전화질을 해대는 바람에 소란스러웠으므로 이태근이 목소리를 높였다.
"남은 년들의 감시를 늘려야 할 것 같은데요? 대책 없이 도망가는 년들도 생기지 않겠습니까?"
"업소에 있는 놈들을 모두 관리부로 돌리라고 회장님께서 아까 말씀하셨다."
"그 씨발년들 잡기만 하면…."
이를 악문 이태근이 벌써 몇 번째인지도 모르게 다시 욕질을 해댔을 때 부하 하나가 핸드폰을 들고 다가왔다.
"형님, 보이클럽에 나가는 태국 애 하나가 업소 담당한테 불었다는데요. 골든클럽의 앤이라는 태국년이 주동자인 것 같다고 합니다."
"그년을 데려와 당장."

벌떡 일어선 이태근이 소리쳤고 장만술도 손을 흔들었다.

"데려와라. 그년을"

보이클럽은 죠나단클럽에서 차로 10분 거리였는데 태국여자가 사무실로 끌려 왔을 때는 그로부터 15분 쯤 후였다. 여자는 쇼 도중에 끌려온 모양으로 비키니 차림 위에 가운만을 걸치고 있었다. 주춤대던 여자가 부하에게 밀려 소파에 앉았을 때 이태근이 대뜸 물었다.

"주동자가 누구라구?"

"앤 같아요."

여자는 가무잡잡한 피부였지만 미인이었고 몸매도 미끈했다. 그러나 B급이었다. 왜냐하면 나이가 30이 넘어 자세히 보면 화장을 짙게 했는데도 잔주름이 드러났다. 한국생활을 오래했는지 여자의 한국어는 유창했다.

"며칠 전부터 앤이 뜰 거라는 소문이 돌고 있었어요. 그렇지만 그런 소문은 자주 있는 편이라 그땐 그냥 넘겼지요."

"어디로 뜰 거라는 소문은 못 들었어?"

"큰 사업을 하는 물주가 있다고 했어요."

"그것뿐이야?"

"네."

이태근과 장만술이 얼굴을 마주 보았다. 이것만 가지고는 전혀 도움이 되지 않는다. 앤은 A급이어서 B급인 이 여자와는 숙소도 다른데다 친한 사이도 아니었던 것이다. 여자가 탁자 위에 놓인 담배갑을 집더니 담배를 뽑아 물었다.

"러시아 애들도 흔들리고 있더군요. 개들은 러시아 마피아가 애들을 데러갔다고 하던데요."

"러시아 마피아가?"

어이없다는 표정으로 이태근이 묻자 여자는 담배연기를 길게 내뱉었다.

"예, 걔들은 그렇게 믿는 것 같았어요."

"미친년들."

했지만 이태근이 다시 장만술을 보았다. 러시아 마피아조직과 조금 마찰이 있었던 것은 사실이었던 것이다. 러시아 여자들 대부분은 마피아 조직으로부터 공급을 받았는데 작년부터 수수료 인상 문제로 마찰이 있었다. 그래서 한 달 동안 공급이 끊겼다가 5%를 인상시키는 것으로 합의를 했던 것이다. 그들의 요구했던 50% 보다 턱도 없이 적은 액수였지만 한국의 수요를 꽉 쥐고있는 심종택이었다. 마피아는 강북의 공급업자인 국도상사를 통해 여자를 공급시키려고 했지만 심종택의 위협에 눌린 국도상사는 결국 손을 들고 말았다. 심종택은 만일 러시아 여자를 받아들인다면 몰살을 시키겠다고 했던 것이다. 쓴웃음을 지은 장만술이 머리를 흔들었다.

"그럴 리는 없어. 여자를 받아들인다고 해도 고용할 업체가 없으면 끝장이야."

그렇다면 국도상사는 아닐 것이다. 국도상사는 사채업을 주업으로 하는 폭력조직이라 여자들을 고용할 업소는 한군데도 없는데다 그런 업소에는 말발도 통하지 않는다. 장만술이 정색하고 여자를 보았다.

"좀더 자세하게 알아봐라. 너한테 특A급 대우를 해줄테니까 말이다."

밤 12시가 되었을 때에야 심종택은 옷을 벗어 던지고 샤워를 했다. 오늘은 술도 마시지 않아서 정신이 말짱했는데 샤워를 마치고 가운 차림으로 응접실의 소파에 앉았을 때는 술 생각이 났다. 논현동의 저택 안은 조용했지만 네 명의 부하들은 언제 벼락이 떨어질까 숨을 죽이고 있을 것이다. 그가 탁자 위에 놓인 벨을 누르자 금방 응접실 안으로 정기식이 들어섰다. 그는 수행비서로 불리울 때도 있고 보좌관으로도 행세를 했지만 정확한 표현을 하자면 심종택의 경호 대장이다. 심종택은 10명의 경호원을 거느리고 있었는데 평시에는 대부분이 업소의 부장 노릇을 했다. 그러다가 상황이 일어나면 즉각 모이도록 되어있는 것이다.

"부르셨습니까?"

30대 초반의 정기식은 1미터 80정도의 키에 단단한 체격이었다. 부동자세로 선 그가 묻자 심종택은 입맛을 다셨다.

"야, 네놈의 그 뻣뻣한 송장을 보면 술맛이 달아난다. 긴장 풀어라."

"예, 회장님."

정기식이 어깨 힘을 풀자 심종택이 쓴웃음을 지었다.

"애들 시켜서 주방에 가서 술하고 안주를 가져오라고 해. 술 한잔 마셔야겠다."

"예, 회장님."

머리를 숙여 보인 정기식이 응접실을 나갔다. 이곳은 심종택의 업무용 저택이어서 가족은 이태원의 저택에서 산다. 그래서 여자가 없는 것이다. 심종택이 소파에 등을 기댔을 때 벨이 울렸다. 인터폰이다. 그가 스위치를 누르자 사내의 목소리가 울렸다.

"회장님, 동남프로덕션의 변상무가 왔는데요."

정문의 경비를 맡고 있는 부하였다.

"들여보내."

변준기는 한 시간 쯤 전에 보고 드릴 것이 있다고 했던 것이다. 부하가 쟁반에 술병과 마른안주를 받쳐들고 응접실에 들어선 지 얼마 지나지 않아 정기식이 변준기와 함께 왔다. 변준기를 맞은 심종택이 눈을 크게 떴다. 뒤를 김경철이 따르고 있었기 때문이다.

"아니, 넌 웬일이야?"

놀란 심종택의 시선이 다시 변준기에게로 돌려졌을 때는 얼굴이 찌푸려져 있었다. 불쾌한 표정이다.

"어떻게 된 일이야?"

"예, 드릴 말씀이 있다고 해서."

변준기가 어깨를 편 채 말했으므로 겨우 가라앉았던 심종택의 분통이 다시 이글거리며 끓어올랐다.

"이 새끼야! 그럼 미리 이야기를 해야 되지 않아? 내가 집 안으로 딴 사람 들이는 걸 싫어한다는 거 몰라?"

"압니다."

심종택의 시선이 경철에게로 옮겨졌다. 모욕적인 이야기를 들었으면서도 경철은 웃음 띤 얼굴이었다. 그러자 심종택의 얼굴이 다시 폭발했다.

"야, 무슨 얘기야? 빨랑 하고 나가. 내가 피곤하니까 말야."

"넌 참으로 안하무인이로구나."

경철이 부드럽게 말했으므로 심종택은 숨 한번 마시고 뱉을 동안은 눈만 깜박였다. 그러고는 시선이 변준기와 정기식을 번갈아 보더니 눈을 치켜 떴다.

"너, 누구한테 한 소리야?"

목소리는 의외로 가라앉아 있었는데 어리둥절했기 때문이다. 그러자 경철이 변준기를 제치고 한 걸음 다가섰다.

"심종택, 너는 지금 이 시간부터 경성회를 떠난다."

다시 한 걸음 다가선 경철이 심종택을 내려다 보았다.

"왜냐하면 너는 지금부터 두 발로 땅을 딛고 설 수가 없을 테니까."

"아니, 이 새끼가!"

눈과 입을 딱 벌렸던 심종택이 손끝으로 김경철을 가리키며 웃었다. 어처구니없다는 표정이었다. 그가 옆 쪽에 선 정기식과 변준기를 다시 번갈아 보았다.

"이 새끼가 돈 거 아냐?"

그 순간 그의 얼굴에서 웃음기가 사라졌다. 변준기와 정기식이 따라 웃지 않았을 뿐만 아니라 오히려 한 걸음씩 옆으로 비켜섰기 때문이다.

"아니, 이 새끼들이!"

심종택이 몸을 솟구쳐 일어났을 때였다. 어느 사이엔가 다가온 김경철의 손이 섬광처럼 뻗어졌고 그 순간 목에 충격을 받은 심종택은 털썩 소파에 엉덩방아를 찧으며 주저앉았다. 경철의 수도에 목을 맞은 것이다.

"경성회는 다시 태어난다."

정색한 경철이 바짝 다가서서 말했을 때에야 심종택의 얼굴이 일그러졌다. 그것은 고통에다 공포감과 분노가 섞여진 복잡한 표정이었다. 그는 입을 열었으나 목소리가 나오지 않았다. 그것을 느낀 심종택의 얼굴이 더 흉하게 일그러졌다. 몸도 꼼짝할 수가 없었던 것이다. 그 때 응접실 안으로 10여 명의 사내들이 쏟아지듯 들어섰는데 앞장선 사내는 박삼이었다. 경철이 머리를 돌려 변준기를 보았다.

"그럼 이자를 데려가도록 해."

"예, 회장님."

머리를 끄덕인 변준기가 다가오자 경철이 정기식에게로 몸을 돌렸다.

"자네도 수고했어."

"아닙니다, 회장님."

그러면서 정기식이 경철을 향해 머리를 숙여 절을 하는 것을 심종택은 보았다. 변준기는 물론이고 정기식까지도 저 어린놈에게 매수당한 것이다. 심종택의 부릅뜬 눈에서 눈물이 쏟아졌고 악문 입술사이로 희미하게 쇳소리가 새어나왔다.

"자, 데리고 나가자."

정기식이 자신의 어깨를 움켜쥐며 말하자 사내 둘이 다가섰는데 모두 경호원들이었다. 그때서야 심종택은 완전한 공포감으로 머리 속이 가득 채워졌다. 늘어진 몸이 일으켜졌을 때 심종택은 눈동자를 굴려 경철을 보았다.

"넌 혼자서 차를 몰고 가다가 사고를 내고 죽는 거다."

경철의 목소리는 낮았지만 심종택은 똑똑하게 들었다. 정색한 경철이 말을 이었다.

"여자들의 집단 탈출을 배후에서 조종한 것도 바로 나다. 이제 네 운명이 어떻게 될지는 짐작할 수 있을 것이다."

새벽1시 반이어서 차량의 통행이 줄어든 올림픽도로를 벤츠는 빠르게 달려가고 있었다. 앞좌석에 앉아 있던 정기식이 머리를 돌려 박삼을 보았다.

"회장님 별명이 야차라고 들었는데 빈말이 아니군요."

"무슨 말이요?"

시치미를 뗀 박삼이 묻자 정기식이 얼굴에 웃음기가 떠올랐다.

"솔직히 응접실에서 긴장하고 있었습니다. 심종택이도 솜씨가 보통이 아니거든요."

"난 또 무슨 말이라고."

"그래서 일이 잘못되면 거들려고 했는데 회장님이 단번에 처치하십디다."

"그래서 난 걱정 안 했소."

"회장님은 어떤 운동을 하셨습니까?"

"그건 비밀이요."

그러자 그들의 이야기를 듣던 변준기가 불쑥 말했다.

"나도 걱정을 하지 않았지, 회장님 실력은 내가 한 번 겪었으니까."

쓴웃음을 지은 정기식의 시선이 박삼에게 옮겨졌다.
변준기가 한 번 맞았다는 걸 알고있었기 때문이다.
"심종택이는 어떻게 된 겁니까?"
"앞으로 한 시간 동안은 움직이지 못하고 숨만 쉴 거요. 자연스럽게 운전석에다 앉히고 물 속에다 박으면 되지."
"목에 손이 스친 것 같던데, 잘 보이지도 않았소."
"한 방에 즉사시킬 수도 있었지만 그렇게 만든 거지. 그 놈이 우리 회장님을 우습게 본 값을 헐라면 더 징헌꼴을 당혀야 혔는디."
어쨌든 트렁크에 쑤셔 박혀있는 심종택은 곧 경춘가도에서 물속으로 처박혀 질 것이다. 정기식이 긴장을 풀려는 듯 헛기침을 했다.
"이제 홍동신이 어떻게 나을 지가 궁금한데요."
"그 새끼는 다리 짤린 똥개 신세야."
뱉듯이 말한 변준기가 쓴웃음을 지었다.
"내일 어떻게 되는가 꼬락서니를 보라구."
정기식은 본래 변준기의 고향 후배로 심복 노릇을 하다 심종택에게 발탁된 인물이었다. 그는 이틀 전에 변준기와 경철의 설득을 받고는 배신을 결심했는데 심종택의 오만과 횡포, 그리고 철저한 이기심에 넌더리를 내고 있던 참이었다. 심종택은 모든 자금원을 직접 관리하고 있어서 간부급들은 월급쟁이나 마찬가지였고 만일 딴 주머니를 찼다는 사실이 발각되면 가차없이 추방당했다. 그래서 겉으로는 규율이 강한 것처럼 보였지만 안에서 썩어가고 있었던 것이다.

손대호가 심종택의 사고 소식을 들은 것은 아침 7시 반 쯤 되었다. 손바닥만한 마당에 서서 맨날 재건 체조 비슷한 손 체조를 하고 있던 그는 집안으로 뛰어든 공재국을 보고 놀라 체조를 멈췄다. 세 집 건너 비슷한 주택에 살고 있는 공재국이어서 한 걸음에 올 수 있는 거리였는데 공재국은 바지 위에 걸친 셔츠 단추도 다 채우지 않았다.

"일이 났습니다. 심종택이가 경춘가도를 달리다 추락사 했습니다. 강물에 빠진 차를 30분쯤 전에 건져 올렸답니다."

공재국이 헐떡이며 말을 이었다.

"보좌관 정기식의 말에 의하면 혼자서 바람을 쏘이겠다고 어젯밤 12시 반쯤 차를 몰고 나갔답니다. 경호차가 따라 붙었지만 올림픽 도로에서 놓쳤다는 군요."

손대호가 한 뼘쯤 밖에 안 되는 쪽마루에 엉덩이를 붙이고 앉았다. 옆 쪽 부엌에서 가정부 윤씨 할머니가 도마에다 놓은 것을 요란하게 두들겨 썰고 있었다.

"결국 죽었군."

"경찰은 운전 부주의로 보고 있습니다. 사인은 익사라는군요. 강물에 처박혀서 물을 먹은 거죠."

공재국이 조심스런 시선으로 손대호를 내려다보았다.

"대회장님, 어떻게 하시렵니까?"

"경성회는 일단 내가 접수한다."

마루에 놓인 헤어진 수건을 집어 얼굴의 땀을 닦으면서 손대호가 말했다.

"이의 없겠지?"

"그러믄요. 당연한 일이니 어느 누가 감히 이의를 제기 하겠습니까?"

"당장 집행부를 소집하도록."

"알겠습니다."

"그리고 10시에 오목회를 소집한다."

"알겠습니다."

몸을 돌려 뛰어 나가려던 공재국이 주춤 섰다.

"대회장님 전화를 써도 되겠습니까?"

"어째 너는 신바람이 난 얼굴인데 그래."

이맛살을 찌푸린 손대호가 쓴웃음을 지었다.

"공자답지 않게 왜 그리 허둥대는 거야?"

"대회장님은 올 것이 왔다는 표정이십니다."

서둘러 집안으로 들어가면서 공재국도 한 마디 했다.

"강물에 빠져 죽었어?"

전화기를 귀에 붙인 고근식이 다시 소리쳐 묻더니 기가 막히다 는 표정으로 멍하니 응접실 안을 둘러보았다.

"사고사란 말이지?"

"예, 회장님"

배용수의 목소리는 활기에 차 있었다.

"바람 쐰다고 혼자서 달렸답니다."

"경호원도 놓고 말이지?"

"예, 경호차가 쫓아갔지만 놓쳤다는 데요."

"그 새끼, 애들이 몽땅 튀는 바람에 열을 받은 모양이군."
"그런 것 같습니다."
이제는 고근식이 정색했다. 상황판단과 행동이 빠른 고근식이다.
"대회장한테도 보고가 되었겠지?"
"아마 그랬겠지요."
"곧 오목회가 소집되겠군."
"그럴 겁니다."
"그러면 경성회는 당분간 대회장이 관리하겠군 그래."
"당연합니다."
"좋아, 나도 지금 나갈 테니까 당장에 간부회를 소집해."
전화기를 기운차게 내려놓은 고근식이 막 화장실로 들어섰을 적에 다시 전화벨이 울렸다. 전화기를 집어든 그의 귀에 공재국의 목소리가 울렸다.
"고 회장님, 대회장님 지시오. 10시에 오목회가 성지 빌딩 회의실에서 열립니다."

오전 9시가 되었을 때 성모 병원의 영안실에는 경성회의 간부급들이 모두 모였다. 이미 심종택의 시체는 영안실에 안치되어 있었고 경찰의 조사도 끝난 상태였다. 영안실의 좌상은 홍동신이었다. 집에서 자고 있던 그는 사고 소식을 들은 아침 6시경부터 현장으로 달려가 수습을 지휘한 터라 눈에는 핏발이 서 있었다. 그가 모여 앉은 간부들을 둘러보았다.
"공 고문한테 보고를 했으니까 대회장이 수습을 해 주실거야. 너희들은 애들 단속이나 잘 해."

그의 시선이 옆쪽에 서 있는 변준기에게로 옮겨졌다.

"특히 변 상무는 프로덕션 관리를 철저히 하라구. 무슨 말인지 알겠어?"

"내가 어쨌다고 그러쇼?"

변준기가 눈을 치켜 떴으므로 주위가 순식간에 조용해졌다.

"내 일은 내가 알아서 할 테니까 나한테 이래라 저래라 마시오."

"아니, 이런 개새끼가!"

하며 벌떡 일어서려던 홍동신을 옆에 앉은 정기식이 팔을 잡아 말렸다.

"홍 상무님, 참으시지요."

"놔, 이 새끼야!"

"아니, 나한테 왜 욕을 하는거요?"

이제는 정기식 마저 눈을 부릅뜨자 장만술이 나섰다.

"이거, 씨발. 개판이구만. 야, 정기식! 네가 언제부터 홍상무님한테 기어오르게 되었어?"

"이 씨발 놈아, 입 닥쳐! 뚜쟁이 같은 새끼가."

"뭐라고!"

영안실이 금방 험악한 분위기로 바뀌었다. 조직이 두 갈래로 갈라진 것이 분명하게 나타난 것이다. 홍동신과 변준기의 두 세력이었는데 주위를 둘러본 홍동신의 얼굴이 하얗게 변했다. 분위기에 예민한 그는 모여있던 간부들의 분위기를 읽을 수 있었던 것이다. 심종택이 살아 있었더라면 변준기는 자신한테 감히 말대꾸도 할 수 없는 위치인데도 20여 명의 간부 중에서 자신의 역성을 드는 숫자는 4, 5명에 불과했다. 나머지 10여 명은 중립이었고 정기식과 4, 5명은 변준기의 편에 섰다.

"야, 조용히들 해!"

어깨를 편 변준기가 목소리를 높이더니 주위를 둘러보았다.

"대회장께서 곧 조직을 정비하실 테니까 큰소리를 삼가고 근신하잔 말이다."

대회장 이야기가 나온 순간부터 영안실은 다시 조용해졌다. 그것은 경성회가 홍동신의 말에 좌우되지 않는다는 의미였고 장만술의 입도 다물게 만드는 효과도 있었다. 홍동신은 어금니를 물었다가 떼고는 얼굴을 일그러뜨리며 웃었다.

"변준기, 너 이 새끼 이제보니 회장님이 이렇게 되기를 기다린 것 같구나."

"에이 씨팔, 되게 말 많네. 회장한테 붙어서 갖은 착취를 해먹던 놈이 회장이 이렇게 되자마자 그 자리를 차지한 것처럼 설치는 네 놈을 보면 누가 해야 할 소린지 모르겠다."

변준기가 작심한 듯 야무지게 말하자 홍동신이 앞에 놓인 재떨이를 던졌지만 빗나가 벽에 맞았다. 그러자 4, 5명의 중립파 간부들이 홍동신을 제지했는데 기세가 사나웠다. 홍동신은 그것이 자신을 말리려는 것이 아니라 변준기의 역성을 드는 것 같아 다시 가슴이 서늘해졌다.

"오빠."

깜짝 놀란 오수현이 눈을 크게 뜨더니 곧 활짝 웃었다. 그리고는 와락 달려와 경철의 코앞에서 멈춰 섰다. 한일은행 대림동지점 앞이다.

"여긴 웬일이에요?"

"널 보려고 왔어."

"그럼 연락이라도 하지."

"지나다가 들린 길이야."

하지만 경철은 일부러 찾아간 것이다. 오수현은 전문대를 졸업하고 2년전부터 은행원이 되었다. 지난 5년 동안 전화만 서너 번 했을 뿐이어서 경철은 눈을 가늘게 뜨고 오수현을 바라보았다. 오수현은 성숙한 여자가 되어 있었던 것이다. 짧게 자른 머리에 단정한 은행원 제복 차림이었지만 옅게 화장한 얼굴은 화사했고 몸매는 더 풍만해졌다. 12시가 조금 지난 점심시간이라 점심을 먹으려고 동료들과 함께 나온 오수현이다. 동료들을 먼저 보낸 오수현이 경철의 팔을 잡았다.

"오빠, 내가 점심 살께."

그들은 근처의 일식집 방에 들어가 마주 앉았는데 오수현이 주문을 했다. 밝은 표정이어서 경철의 마음도 가벼워졌다.

"동생들은 잘 있니?"

"응. 미현이가 대학 2학년이야. 공부 잘 해서 장학금을 받아."

오수현이 웃는 얼굴로 말했다.

"걔가 자주 오빠 얘기해요. 오빠를 좋아한대."

"시간이 지나면 잊혀지는 거다."

"그럴까요? 근데 영혜 언니 소식은 들었어요?"

오수현은 경어와 반말을 번갈아 썼는데 경철에 대한 친근감과 어려움이 섞여 있기 때문일 것이다. 경철이 머리를 저었다.

"5년 동안 전화도 못했다."

"영혜 언니가 경동대학에 들어간 건 알죠?"

"그건 알아."

햇수로 6년이 지났으니 이영혜는 이미 졸업을 했을 것이다. 경철이 오수현을 찾아온 것은 궁금하기도 했지만 앞으로 새로운 생활이 전개될 것이라는 긴장감 때문이었다. 심종택을 제거함으로써 그것은 시작되었다. 그러나 경성회가 심종택이 없어졌다고 장악되는 것은 아니다. 오목회라는 연합체의 1개 파벌일 뿐인 경성회는 대회장 손대호의 의지에 따라 다시 결집될 것이다. 그러나 경철은 이미 변준기를 포함한 간부급 7명을 확보해 놓았으니 어느 정도 기반은 잡은 셈이다. 회접시가 날라져 왔으므로 경철은 젓가락을 들었다.

"오빠, 무슨 고민 있어요?"

오수현이 묻자 경철은 머리를 저었다. 그러나 머릿속은 손대호에 대한 생각으로 가득 차 있었다. 손대호는 측량하기 어려운 인물이었다. 소문을 들어보면 그는 독하고 비정한 성격이어서 적은 꼭 잔인하게 제거한다는 것이다. 한편으론 그가 도량이 넓은데다 마음이 따뜻해서 비밀리에 수많은 자선사업을 벌리고 있다는 소문도 있다. 어쨌든 이제 상대는 손대호가 되었다. 동남프로덕션을 완전하게 장악한 다음 경성회의 주도권을 잡으려는 이번 시도를 결코 후회하지는 않는다. 그리고 손대호와 부딪칠 경우도 이미 예상을 했다. 어깨를 편 경철이 맛있게 회를 씹는 오수현을 보았다.
"너, 양숙명 선생 알지?"
머리만 끄덕인 오수현을 향해 경철은 웃어 보였다.
"석달전에 영국으로 유학 갔어. 아마 그곳에서 오래 있을 모양이야."
"그래? 오빠는 어떻게 그렇게 잘 알아?"
"나도 우연히 들었다."
양숙명은 떠나기 전날에 긴 여행이 될 것 같다는 전화를 해왔다. 그것으로 끝이었다.
"서을에 있으면서 정말 영혜 언니하고 연락도 안 했단 말예요?"
하고 오수현이 다시 이영혜 이야기를 꺼낸 바람에 경철이 얼굴을 들었다.
"그래, 바빠서."
"둘이 좋아했잖아."
"그건 네 생각이지."
정색한 경철이 머리를 저었다.
"넌 내가 어떻게 살고 있는지를 몰라서 그런 거다."
"대충은 알아요."
쓴웃음을 지은 경철이 젓가락을 내려놓았다. 이제 오수현한테서 예전의 어둡고 짓눌린 것 같은 분위기는 사라져 있었다. 밝고 생기 있는 오수현의 얼굴을 보면서 경철의 가슴은 차분해졌다. 찾아온 보람이 있는 것이다.

박삼의 전화가 왔을 때는 오수현과 헤어진 경철이 막 택시에 탔을 때였다.

"회장님 어디 계십니까?"

다급하게 박삼이 물었으므로 경철이 긴장했다.

"무슨 일이야?"

"오목회 회장이 만나자는 연락이 왔습니다. 오늘 저녁 7시에 만나자는 데요."

"손대호 회장이?"

"예, 고문 역이라는 공재국 씨한테서 연락이 왔습니다. 조금 전에요"

손대호와 언젠가는 마주칠 것이라고 예상은 했지만 바로 사건 다음 날에 만나자는 연락이 올 줄은 몰랐다. 긴장한 경철은 어금니를 물었다.

"좋아. 지금 회사로 간다."

경철이 동남프로덕션에 도착한 것은 오후 3시경이었다. 회장실로 들어서는 그의 뒤를 박삼과 변준기가 따랐다. 박삼이 영안실을 지키고 있던 변준기를 불러낸 것이다. 소파에 자리 잡고 앉았을 때 변준기가 먼저 입을 열었다.

"대회장이 집행부를 소집했습니다. 그리고 경성회는 당분간 대회장이 관리한다고 오목회 회의에서 결정을 했습니다."

"집행부란 뭐요?"

"대회장의 명령을 집행하는 조직이지요. 비상시에 대회장만이 소집시킬 수 있습니다."

변준기가 정색한 얼굴로 말을 이었다.

"집행부는 막강한 힘이 있습니다. 15년 전에 대회장은 집행부를 시켜 2개 조직의 회장 두 명을 제거했습니다. 그때 소집시키고 나서 이번에 두 번째로 집행부를 소집시킨 겁니다."

"인원은 몇 명이나 됩니까?"

박삼이 묻자 변준기는 머리를 저었다.

"몇 명인지 그리고 누구인지 알고 있는 사람은 대회장과 공 고문 둘 뿐입니다. 집행부는 철저한 비밀 조직이어서 신분이 밝혀지면 제거된다는 소문이 있습니다."

머리를 돌린 박삼이 경철을 보았다. 걱정스런 표정이다.

"회장님, 저희들도 준비를 하겠습니다."

"그럴 필요 없다."

정색한 경철이 머리를 저었다.

"전쟁을 하려면 프로덕션을 인수하자마자 했을 것이다. 대회장은 나 혼자서 만난다."

"혹시 눈치 챘을지도 모릅니다."

변준기가 말하고는 어금니를 물었다가 풀었다. 그도 불안한 얼굴이다.

"대회장의 정보력은 국정원 이상이라고 소문이 났으니까요. 그리고 실제로도 그렇습니다."

"그렇다면 심종택이 어떤 놈이었다는 것도 다 알고 있었겠군"

쓴웃음을 지은 경철이 벽시계를 보았다. 오후 3시 반이었다.

"그리고 나에 대해서도 말이야."

"대회장이 김경철을 만난다고?"

눈을 치켜뜬 홍동신이 다시 물었으므로 이태근이 두 번째 대답했다.

"예, 지금 김경철은 회사에 있습니다. 저녁 7시에 만나기로 했다는데 장소는 아직 알려주지 않았답니다."

그들은 영안실 앞쪽 주차장에 서 있었는데 주위에는 간부급 4, 5명이 둘러섰다. 홍동신이 이맛살을 찌푸렸다.

"대회장이 왜 그놈을 만나려는 거야?"

"프로덕션 관계로 만나는 것이 아닐 까요?"

장만술이 거들었지만 그쯤은 누구나 생각할 수 있는 답이다. 입맛을 다시 홍동신이 뱉듯이 말했다.

"사업 관계라면 나를 불러야지."

이제까지 홍동신은 한 번도 손대호와 독대한 적이 없는 것이다. 명색이 경성회의 제 2인자인 그도 먼발치에서만 손대호를 보았다. 그가 치켜뜬 눈으로 이태근을 보았다.

"변준기 그 놈이 김경철하고 같이 있다는 것도 꺼림직 하다. 계속 감시를 붙여"

그 때 정기식이 다가왔으므로 그들은 말을 그쳤다. 정기식은 역시 4, 5명의 간부급을 대동하고 있었는데 홍동신에게 거침없이 말했다.

"프로덕션 사업관계로 찾아오는 문상객은 변상무가 맡기로 합시다. 홍 상무님은 어차피 그 사람들을 잘 모르실 테니까 말입니다."

"이봐. 그럼 상주가 둘이란 말이냐?"

장만술이 눈을 부릅뜨자 정기식은 입술을 비틀고 웃었다.

"무리 없이 일을 처리하려고 했더니 또 주도권 시비로군 그래. 이런 꼴을 대회장이 보시면 잘한다고 하시겠다."

"아니, 이 새끼가!"

"시끄러!"

이맛살을 찌푸린 홍동신이 버럭 소리쳤다.

"준기더러 알아서 하라고 해라."

5장
패권을 향하여

 한 시간 반 전에 출발했는데도 경철이 순천집에 들어섰을 때는 7시 5분전이었다. 지리를 모르는 터라 30분쯤을 헤매었기 때문이다. 작은 간판이 매달린 순천집의 유리문을 열고 들어서자 세 평 쯤 밖에 안되는 홀에서 허름한 차림의 중년들이 소주를 마시는 중이었다. 그런데 구석쪽 식탁에 혼자 앉아있던 젊은 사내가 경철을 보더니 자리에서 일어섰다.
 "이쪽으로 오시지요."
 앞장 선 사내가 주방 옆의 쪽문을 열고 들어섰는데 안쪽은 세 평 쯤 되는 마당이었다.
 "저 방입니다."
 사내가 가리킨 곳은 디딤돌 위에 구두 두 켤레가 놓여진 방이었다. 경철은 방 앞으로 다가가 섰다.

"실례합니다."

그러자 미닫이 문이 열리더니 대머리 사내가 경철을 바라보았다.

"아, 김 회장이시오? 어서 오시오."

문을 열어 젖힌 사내가 일어나 경철을 맞았는데 방 안에는 술상을 앞에 놓고 앉은 초로의 사내가 또 하나 있었다. 그가 대회장 손대호일 것이다. 경철이 방으로 들어서는 동안 손대호는 눈 한번 깜빡이지 않고 바라보았다.

"김경철입니다."

손대호의 앞에 선 경철이 큰 절을 했다.

"부르심을 받고 왔습니다."

"앉아라."

턱으로 앞쪽을 가리킨 손대호의 얼굴에는 표정이 없었다. 대머리 사내가 술상의 왼쪽에 앉았을 때 손대호가 입을 열었다.

"내가 손대호다. 그리고 이 사람은 공 고문이고."

둘 다 체격이 왜소한데다 옷차림도 허름해서 홀에 앉은 무리와 다를 바가 없었지만 경철은 어깨를 짓누르는 위압감을 느꼈다. 특히 손대호의 힘찬 눈빛을 받고는 가슴이 뛰었다. 눈으로 사람의 심중을 읽도록 훈련된 경철이었다. 그러나 손대호의 눈빛과 부딪치자 오히려 흡인되는 느낌이 들었던 것이다.

"한 잔 받아라."

손대호가 주전자를 들었으므로 경철은 술잔을 들어 동동주를 받았다. 경철이 한 숨에 술잔을 비웠을 때 기다렸다는 듯이 손대호가 말했다.

"네가 상경했을 때부터 눈여겨 봐 왔었다. 그리고 네 행적도 알아 보았지."

정색한 그가 말을 이었다.

"겉으로는 드러나지 않았지만 수원의 양대 조직을 장악하고 있더구나. 정호열과 권명환을 말이다."

그때 공재국이 헛기침을 했다.

"김 회장은 안상준과 고춘태의 사고에 관련이 있지요?"

"그렇습니다."

공재국이 물었지만 경철은 손대호를 바라보며 대답했다.

"제가 안상준을 쳐서 병신을 만들었고 고춘태를 떨어뜨리게 했습니다."

"옛 주인의 원한을 갚은 건가?"

손대호가 차갑게 묻자 경철이 커다랗게 머리를 끄덕였다.

"박 회장님은 제 주인이자 스승이었습니다. 저에게 많은걸 베풀어 주셨습니다."

"심종택을 차에 넣고 밀었나?"

아무렇지도 않게 손대호가 물었지만 놀란듯 경철은 퍼뜩 시선을 들었다.

"제가 직접 손으로 쳐서 전신을 마비시킨 다음에 차에 태우고 간 겁니다."

"변준기와 정기식을 매수했겠군."

"예, 그리고 여자들도 제가 빼돌렸습니다."

손대호가 술잔을 들었으므로 공재국이 서둘러 술을 따랐다.

"심종택의 잔당인 장만술과 이태근 등은 어떻게 처리할 작정이냐?"

"여자들 관리 책임을 물어 내보낼 계획입니다."

"반발이 거셀 텐데."

"그것은 바랐던 바입니다. 제가 직접 처리할 것입니다."

"내가 나설 것이라는 예상도 했겠지?"

"심종택의 악행을 잘 알고 계실 것이라고 믿었습니다. 다시 말해 심종택의 사리사욕에 의한 악행과 더불어 그의 한계를 누구보다도 잘 알고 계시기에."

"내가 네 행위를 눈감아 주리라 생각했다는 거야?"

"대회장님의 명성을 들어온 터라 대국을 위해서는 저를 택하실 가능성도 있다고 생각했습니다."

"만일 그렇게 않는다면?"

옆자리에 앉은 공재국이 슬며시 손등으로 이마의 땀을 닦았다. 둘 사이로 오가는 말은 낮고 조용했지만 마치 검으로 치고 받는 듯한 긴장감 때문이었다. 경철이 손대호의 시선을 정면으로 받으면서 말했다.

"야차가 되어야야겠지요. 경성회를 장악한 다음 차례로 다른 파벌을 제압해 나갈 작정이었습니다."

그러자 손대호가 입만 벌리고 소리 없이 웃었다. 그리고는 공재국을 바라보았다.

"어때? 내 말이 맞지 않는가?"

"그렇군요."

공재국은 쓴 것을 먹은 표정이었다. 그가 입맛을 다셨다.

"거칩니다. 재를 뒤집어 쓰고있는 불덩이 같습니다."

"눈빛의 기(氣)는 맑다. 마치 용광로에서 막 꺼낸 붉은 쇠토막처럼."

"대회장께서는 이 자를 만나시기 전부터 마음을 정하고 계셨습니다. 선입견이 반쯤 섞여있을 것입니다."

"만나고 나서 확신할 수 있는 게야."

이맛살을 찌푸린 손대호가 공재국을 쏘아보았다.

"공자 영감 그런데 자네는 이놈한테 위축되어 있는 것 같군 그래."

"살기가 넘쳐나고 있거든요."

"영감은 그게 탈이라니까. 물처럼 받아들이라고 내가 몇 번이나 말하지 않았느냔 말이다. 제 분수를 알고 상대를 해야지."

"노력은 해보지만 잘 안됩니다."

두 노인의 선문답 같은 말을 들으며 경철은 석상처럼 눈썹 하나 까닥 않고 앉아 있었다. 그러나 분위기는 느낄 수 있었다. 손대호는 호감을 보였고 공재국 또한 겉으로는 가시 돋친 말을 뱉었지만 시선 끝은 부드러웠다. 헛기침을 한 손대호가 술잔을 들었을 때 공재국이 상체를 세우고는 정색했다.

"김 회장, 잘 들으시오."

"예, 고문님."

"이번에 대회장께서는 오목회를 재정비할 필요를 느끼셨던 거요. 그래서 대성회의 고근식과 경성회의 심종택에게 조만간 은퇴하여 절로 들어가신다는 말씀을 하셨지."

경철을 쏘아본 공재국이 말을 이었다.

"대회장께서는 후계 문제라는 미끼를 던져 놓으셨던거요. 그랬더니 예상했던 대로 고근식과 심종택 사이에 세력을 키우려는 알력이 일어났고 내버려두었다면 전쟁이 터졌을 게요."

"대회장께서는 김 회장이 오목회에 들어 올 명분을 만들어 주신거요. 심종택은 탐욕과 도의를 깨뜨린 대가를 치뤄야만 할 처지였소. 그리고 고근식은 도량이 적어 오목회를 이끌 재목이 못 되었고."

경철은 상기되었다. 이마에서 진땀이 배어 나왔으나 분위기에 눌려 손도 올리지 못했다. 손대호는 상위에 놓인 더덕구이를 집어 맛있다는 듯이 입맛을 다시며 씹는 중이었고 공재국은 무섭게 긴장한 자세였다. 공재국이 말을 이었다.

"고근식은 그래도 오목회 중 제1의 세력이요. 그가 거부감 없이 김 회장을 받아들일 명분이 필요했소. 대회장께서 당분간 경성회를 관리하시면서 김 회장을 인도해 주실거요. 따르시겠소?"

"목숨을 바쳐 따르겠습니다."

두 손을 방바닥에 짚은 경철이 절을 하다가 상끝에 머리가 부딪쳤다. 그러자 손대호가 술기운에 불그레해진 얼굴로 홍홍 웃었다.

"네가 스승으로 모셨다는 박종필을 내가 약간 안다. 유능한 젊은이였지."

그리고는 손대호가 금방 정색했다.

"그러나 이곳은 그리고 나는 조금 다를 것이다. 나는 네 자질이 모자라면 가차없이 버린다."

"예, 대회장님."

"먼저 동남프로덕션을 장악해라. 너 혼자서. 난 지켜보기만 할 거야."

그리고는 길게 트림을 했으므로 질색을 한 공재국이 상체를 뒤로 젖혔다. 냄새가 지독했기 때문이다.

손대호가 주관한 오목회의 회장단 회의에서 경성회를 손대호가 직접 관리하기로 결정이 됨으로써 고근식의 전의(戰意)는 꺾여졌다. 상대인 심종택이 죽어 없어졌기 때문이다. 그런데 사흘이 지났을 때 고근식은 심종택의 죽음이 결코 자신에게 이롭지만은 않다는 사실을 깨달았다. 그것은 손대호가 은퇴결정을 번복하여 경성회를 직접 관리하게 됨으로써 오목회 서열 1위인 대성회를 위협할 가능성이 있을 뿐만 아니라 후계 결정이 기약도 없이 미뤄졌기 때문이다. 이런 상황에서 손대호가 절에 들어갈 수는 없는 것이다. 고근식의 심복이며 성한건설의 전무인 배용수가 허겁지겁 회장실로 들어선 것은 심종택의 장례를 치른 다음날 오후였다.

"동남프로덕션을 도망쳤던 여자들이 다 돌아왔다는데요. 제발로 기어들어 왔답니다."

배용수가 기가 막히다는 듯이 헛웃음을 쳤다.

"심 회장이 죽었다는 소식을 듣고 돌아왔다고 합니다. 대우를 좋게 해 주겠다는 약속도 받아냈다는데요."

"하긴 심종택이 지독했지. 한 달에 수십억씩을 계집애 밑구녕에서 짜냈으니까."

고근식이 입술을 비틀고 말했다.

"더러운 놈이 한강 상수원에 빠져 죽어서 수돗물이 상당히 오염되었을 거야. 정수기 선전에 써먹으면 좋을 텐데."

"대회장이 동남프로덕션 조직을 재편성한다는 소문입니다. 말썽이 그치지 않는 데다 홍동신이 노리고 있거든요."

"변준기가 가만있지 않을텐데. 그놈도 만만치 않아."

건성으로 대답했던 고근식의 얼굴에 쓴웃음이 번졌다.

"변준기와 홍동신의 두 파벌로 나뉘어진 경성회를 대회장이 어떻게 처리할지 궁금하군 그래."

그 시간에 경성회의 본부 격인 대경빌딩 9층의 회의실에는 손대호를 중심으로 10여 명의 간부들이 둘러앉아 있었는데 경철도 그 속에 끼었다. 중간쯤 서열의 좌석이어서 손대호와는 네 사람 떨어진 위치였다. 헛기침을 한 손대호가 입을 열었다.

"나는 이렇게 점잖을 빼고 둘러앉아 있는 것이 싫다. 살에 소름이 돋아난단 말이야."

그리고는 어깨를 치켜세웠지만 아무도 웃지 않았다.

"요즘은 직원이 몇십 명 밖에 안 돼는 회사에서도 무슨 국무회의를 하는 것처럼 사장이 대통령같이 앉아서 시건방을 떨더구만. 테이블도 비싼걸 들여놓고."

그리고는 테이블을 흘겨보았으므로 말석에 앉아있던 대경 상사의 총무 이사가 목을 움츠렸다. 그때 옆에 앉아있던 공재국이 헛기침을 했다.

"대회장님, 그렇게 말씀을 길게 하시는 것도 그런 사람들과 비슷한 겁니다. 본론을 어서 말씀하시지요."
"그런가?"
정색한 손대호가 좌우를 둘러보았다.
"경성회는 고인이 된 심 회장이 모든 것을 처리했기 때문에 유고시에는 혼란이 올 수밖에 없어. 그래서 조직을 재정비한다."
그의 시선이 먼저 홍동신에게로 향해졌다.
"홍 상무가 경성회의 임대사업과 사업장 관리를 하도록."
"예, 대회장님"
홍동신이 기운차게 대답하자 손대호의 시선이 경철에게 옮겨졌다.
"김 회장은 동남프로덕션을 맡도록 한다. 내 말은 프로덕션에서 공급하는 여자들에 관한 모든 것을 책임진다는 뜻이야. 알겠나?"
"알겠습니다."
"비록 홍 상무가 관리하는 업소에 고용되었더라도 말이다. 변 상무 알겠나?"
이번에는 변준기를 향해서 물었으므로 넋을 놓고 앉아있던 변준기가 놀라 크게 대답했다.
"예, 대회장님."
"여자들이 도망쳤다가 돌아온 건 다행이지만 전처럼 관리하면 안 된다. 그래서 프로덕션에 일체를 맡긴 것이다."
손대호의 시선이 다시 홍동신에게로 옮겨졌다.
"홍 상무, 알아들었나?"
"예, 대회장님."
홍동신의 목소리의 끝이 조금 떨렸다. 그로서는 황금 알을 낳는 거위를 빼앗긴 것이나 다름없었다. 여자 사업이야말로 경성회의 알짜 사업인 것이다.

"홍동신이 겉으로는 승복한 체 했지만 반발하고 있을 겁니다. 일하는데 애를 먹겠지요."
말은 그렇게 했지만 변준기의 얼굴에는 희색이 가득 덮였다. 손대호와의 면담 결과를 대충 들어서 알고 있던 그였지만 불안했던 것이다. 손대호가 사건을 꿰뚫어 보고 있었다는 것이 그를 내내 시선을 들지 못하게 했다. 돌아가는 차 안이었다. 변준기가 말을 이었다.
"먼저 내부 정리를 해야겠습니다. 장만술과 이태근을 어떻게 할까요? 박 사장은 내쫓자고 합니다만…."
"여자들을 착취한 놈들은 죄 값을 치뤄야지."
경철이 던지듯이 말했다.
"내부에 조금 혼란이 있더라도 이번 기회에 과감하게 자를 거요. 변 상무가 박 사장과 같이 악질분자를 색출하도록."
"알겠습니다. 그렇다면 영업부원 거의 전부를 잘라야 합니다. 모두 썩었거든요."
"죄질이 가벼운 놈은 구제해 주도록."
"이 기회에 새판을 짜야합니다."
변준기가 번들거리는 시선으로 경철을 보았다.
"그렇게 되면 홍동신이 장만술의 세력을 규합시킬 것입니다. 그것에 대한 대비도 해야 합니다."
경철은 그에게 손대호와 공재국이 했던 깊은 말은 해주지 않았다.

손대호는 후계의 자질을 보겠다고 했던 것이다. 그리고 동남프로덕션은 혼자 힘으로 장악하라고 했다. 그것은 홍동신과의 대결에도 도와주지 않겠다는 말이었다. 그러나 손대호는 판은 만들어 주었다. 그것만으로도 경철에게는 백만의 원군과도 같았다.

"영감의 전형적인 수단이다."
다음 날 아침 회사로 찾아온 홍동신에게 고근식이 웃음띤 얼굴로 말했다.
"새판을 짜되 절대로 자신의 손을 더럽히지는 않지. 내가 대성회를 일으켰던 20년 전과 똑같은 방법이야."
"어떻게 말입니까?"
찌푸린 얼굴로 홍동신이 묻자 고근식은 옛날을 떠올리려는 듯 가늘게 눈을 좁혔다.
"난 국도건설의 안철환이라는 자와 대성회의 주도권을 놓고 경쟁관계였지. 그런데 영감은 전혀 상관하지 않았어. 그때부터 영감은 강자만 살아남는다는 약육강식의 논리를 적용 시킨 것 같다."
"영감이 아니, 대회장님이 한쪽을 밀어주고 영향력을 행사하는 것이 정상 아닙니까?"
"멍청아, 어차피 영감의 손바닥 안에서 놀 터인데 밀고 자시고가 어딨어, 지금의 내 입장은 조금 다르지만 말이야."
"그렇다면…."
"너와 김경철이 둘 중에 하나만 살아 나오기를 기다리는 거야."
자르듯 말한 고근식이 옆에 앉은 배용수를 바라보았다.

"집행부의 움직임은 어때?"

"잠복해서 나타나지 않습니다."

"거봐, 예전에도 그랬어"

머리를 끄덕인 고근식이 홍동신에게 말했다.

"영감의 집행부는 표면에 나타난 적이 한 번도 없지. 하지만 테두리를 벗어난 자들은 흔적도 없이 해치운단 말이야. 그러니까 너도 조심해야 돼. 오목회를 벗어난 행동은 하지 말란 말이다."

"집행부가 있기는 있습니까?"

"있지. 많이 바뀌었겠지만."

다시 눈을 가늘게 뜬 고근식이 희미하게 웃었다.

"영감의 힘의 원천인데 없어질 리가 있나?"

홍동신이 사무실을 나가자 고근식이 배용수에게 물었다.

"네 생각은 어때? 김경철인가? 아니면 홍동신이야?"

"김경철이 같습니다."

정색한 배용수가 말을 이었다.

"동남프로덕션이 완전히 장악되면 홍동신에게는 부스러기 일밖에 남지 않습니다."

"그놈이 벌써 변준기와 정기식을 포섭했다니 어린놈치고 수단이 보통내기가 아니야."

"대회장님한테 점수를 딴 것 같은데요."

"갑자기 심종택이 죽는 바람에 나만 병신이 되어버린 것 같다."

쓴웃음을 지은 고근식이 목소리를 낮췄다.

"경성회쪽의 정보원을 배로 늘려라. 그리고 영감쪽에도 모두 영감한테 배운 수단이지만 장강의 뒷 물결이 앞 물결을 밀어낸다는 옛말도 있지 않나 말이다."

그날 밤 앤은 뉴욕클럽으로 배속되었는데 뉴욕은 심종택 소유의 특급 클럽이었다. 단짝인 리나와 함께 무대에서 춤을 추고 내려왔을 때 지배인 김동재가 다가왔다.
"야, 10번 테이블로 가."
"찬호 오빠 허락을 받구요."
앤이 대뜸 말하자 김동재가 어이없다는 듯이 눈을 크게 떴다.
"찬호가 누구야?"
"프로덕션 담당직원요."
"뭐라고? 이년이 미쳤나?"
김동재가 한 발짝 다가섰다.
"야, 이년아 누구 허락을 받는다고? 프로덕션이 뭐가 어쩌구 어째?"
한 주먹에 날려 버릴 듯이 주먹을 치켜들었던 김동재가 차마 때리지는 못하고 앤의 팔을 거칠게 잡으면서 말했다.
"이년이 도망갔다 오더니 머리가 이상해졌구만 그래. 빨리 가지 못해?"
"놔요! 이것 놔!"
앤의 고함소리가 컸으므로 홀의 시선이 모아졌고 김동재는 그 바람에 주먹을 날리지 못했다. 그래서 앤을 무대 뒤쪽의 탈의실로 끌고 들어갔다.

"이 쌍년."

하면서 김동재가 마음놓고 주먹을 치켜들었을 때였다.

"아, 잠깐만."

하면서 누군가가 김동재의 팔을 잡았는데 처음 보는 사내였다.

"아니, 이 새긴 또 뭐야? 이거 안 놔."

버럭 소리친 김동재가 왼손을 휘둘러 사내의 턱을 쳤지만 빗나갔다.

"아니, 이 새끼 봐라."

하면서 김동재가 사내에게로 몸을 돌렸을 때 탈의실에는 소동을 듣고 대 여섯 명의 웨이터가 몰려왔다. 참을수 없이 화가 치밀어 오른 김동재가 사내에게로 한 발짝 다가섰다.

"너 이 새끼, 넌 누구야?"

"난 동남프로덕션 직원이야. 오늘부터 동남에서 공급되는 아가씨들을 직접 관리하게 되었어."

"어렵쇼, 이런 씨발놈이 어디서."

하고 김동재가 바짝 다가섰고 뒤쪽에 몰려선 웨이터들도 달려들 기세였다. 그러자 사내가 파식 웃었다.

"이 멍청한 놈이 아직 세상 돌아가는 걸 모르고 자빠졌네. 야, 이 새끼야. 오늘부터 아가씨들은 동남에서 직접 관리하게 된 걸 몰라? 너 이 씨발놈아 밥숟가락 놓을래?"

"아니, 이런 개새끼가."

했지만 김동재의 기세는 조금 꺾여졌다. 그때였다. 뒤쪽에 서 있던 웨이터 하나가 와락 다가서더니 사내의 머리를 맥주병으로 내려쳤다. 맥주병이 터지면서 사내가 비틀거렸을 때 앤이 다시 목이 터질 듯한 비명을 질렀다. 음악소리를 압도할 만큼 큰 비명이었다.

동남프로덕션에서 파견한 기동대 10여 명이 뉴욕에 도착한 것은 그로부터 15분쯤 후였다. 뒷머리가 깨진 박찬호는 병원으로 실려갔고 소동은 진정되어서 무대 위에서는 다시 쇼가 시작되려는 참이었는데 불문곡직하고 홀로 뛰어든 기동대는 웨이터들을 야구방망이로 패기 시작했다. 그리고는 뒷문으로 빠져 도망가던 김동재를 잡은 다음 차에 싣고 철수 했다. 습격은 5분도 안되어서 끝났지만 홀은 난장판이 되었으며 손님들 대부분은 술값도 안내고 도망가 버렸다.

"뭐야? 메리디엥도?"
버럭 소리친 홍동신의 귀에 부하의 목소리가 울렸다.
"지배인 고정석이도 잡혀갔습니다."
홍동신은 전화기를 내동댕이치고는 앞쪽에 앉은 장만술을 노려보았다.
"이 새끼들이 업소를 난장판으로 만들었어. 모두 죽여버리겠다."
그러나 장만술은 어금니를 물고 입을 열지 않았다. 그와 이태근은 오후에 심복부하 40여 명과 함께 동남프로덕션에서 해임당한 것이다. 뭔가 반응이 있을 거라고 예상은 했지만 대회장의 업무 조정이 있은지 하루도 안되어서 대숙청을 했다. 그리고는 밤에 다시 사업장의 숙청을 시작한 것이다. 모든 것이 빈틈없이 진행되고 있어서 오래 전부터 계획한 것이 확실했다.

"해준아, 네가 애들을 찾아와."

홍동신이 뒤쪽에 서 있는 사내에게 소리쳐 말했다.

"대기실에 모인 애들을 다 데려가!"

"예, 사장님."

사내는 대경상사의 관리과장 우해준이다. 체중이 120킬로가 넘는 그는 헤비급 유도선수로 세계 선수권대회에서 동메달까지 딴 경력이 있다. 우해준이 몸을 돌렸을 때 장만술이 손을 들어 제지했다.

"야, 잠깐만."

장만술이 머리를 돌려 홍동신을 보았다.

"사장님, 안됩니다."

"왜 안돼? 이 새끼. 너, 쫓겨나더니 이상해졌어."

눈을 부릅뜬 홍동신의 얼굴이 붉게 달아올랐다. 심종택의 오른팔로 로비의 귀재로써 이름을 떨친 홍동신이다. 그는 손대호의 지시로 대경상사의 사장에 임명되어서 예전에 심종택이 앉았던 자리를 차지하고 있었지만 그때와는 분위기가 달랐다. 불안정하게 보이는 것이다. 홍동신의 말에 눈을 치켜떴던 장만술이 머리를 들었다.

"가서 어떻게 하겠다는 말입니까? 전쟁을 하겠다는 겁니까?"

"놈들이 먼저 시작한 싸움이야. 내놓지 않는다면 전쟁이라도 해서 데려와야지."

그러자 장만술이 눈을 껌벅이며 홍동신을 보았다.

"놈들은 이미 준비를 끝냈습니다. 그리고 우린 이미 수적으로도 열세요."

그러자 어금니를 문 홍동신이 잇사이로 신음소리를 뱉었다. 대기실에 모인 병력은 40여 명 정도였고 업소에 흩어진 부하들을 다 끌어 모은다고 해도 전력(戰力)이 될지 의문이었다. 그러나 김경철은 장만술을 내보낸 지 반나절이 안되어서 100여 명을 충원시켰으니 병력이 200명이 넘는다. 그때 우해준이 눈치 없이 한 걸음 다가와 서며 물었다.

"사장님 갈까요?"

"나가서 기다려."

어깨를 으쓱하며 우해준이 방을 나가자 장만술이 입을 열었다.

"김경철은 석 달 전에 동남프로덕션을 인수했을 때부터 계획을 세운 겁니다. 마치 이런 일이 생길 것을 예상한 것처럼 말입니다."

"나도 회장님이 갑자기 사고사를 당한 것이 의심스럽다. 정기식이 놈들 편에 붙은 것을 보면 더 그렇고."

하지만 사건은 종결되었다. 경찰은 추락사로 결론지었으며 심종택은 화장시켜 납골당에 안치된 것이다. 나갔던 우해준이 서둘러 안으로 들어섰으므로 방 안의 어색한 정적이 흩어졌다.

"사장님, 멕시코클럽 지배인이 병원에 실려갔습니다."

이것으로 9명의 클럽 지배인이 끌려갔고 4명이 병원으로 실려갔다. 경성회가 장악한 유흥업소가 18개였으니 나머지 5개 업소는 동남프로덕션의 통제를 받아들였다고 봐도 되었다.

"내가 방심했어."

홍동신이 혼잣소리처럼 말했는데 목소리가 공허했다. 절실하게 들리지가 않는 것이다. 왜냐하면 이제까지 모든 것을 심종택 혼자서 처리해 온터라 홍동신은 책임을 질 입장이 아니었으므로 지금도 그런 느낌이 남아 있었기 때문이다.

새벽 2시가 넘었을 때까지 홍동신은 자리를 지키고 앉아 있었는데 긴 쪽 소파에서는 장만술이 머리를 꺾고는 잠이 들었다. 그 동안 심종택의 소유인 18개의 업소에서 영업이 다시 시작되고 있었고 경성회 관할인 5, 6개의 업소도 마찬가지였다. 다만 다른 점이 있다면 경성회의 통제를 받는 74개의 업소 모두가 동남프로덕션에서 파견된 직원의 지배를 받고 있다는 것이다. 하룻밤 사이에 동남프로덕션은 경성회의 모든 사업장을 장악한 셈이었으나 홍동신은 손도 대지 못했다 홍동신이 나중에는 대회장 손대호의 지시 탓을 했지만 장만술은 물론이고 우해준까지 그 이유를 알고 있었다. 홍동신은 참모였지 결단력과 뱃심, 거기에다 힘도 있어야만 하는 보스 기질이 아니었기 때문이다. 심종택과 함께 있을 때는 빛을 내었지만 지금은 쓸모 없는 돌덩이 신세가 된 것이다. 그래서 스스로의 한계를 뼈저리게 의식한 홍동신은 혼자서 양주를 반병이나 마셨지만 정신은 더욱 멀쩡해졌다. 문이 벌컥 열리면서 부하 하나가 들어섰을 때 그는 눈을 부릅뜨고 술병을 입에 대는 참이었다.
"사장님, 동남프로덕션의 회장이 왔습니다."
부하가 다급하게 말했을 때 자고 있던 장만술도 튕기듯이 일어섰다.
"뭐라고? 김경철이?"
놀란 장만술이 문 쪽을 바라보았다.
"예, 변 상무하고 부하 10명쯤을 데리고…"

장만술이 홍동신을 바라보았다. 어떻게 할 것이냐고 묻는 시선이었다.

"지금 어디 있어?"

홍동신이 물었을 때 문이 열리더니 김경철이 들어섰다. 뒤를 변준기 혼자서만 따르고 있다.

"아직 사무실에 있다고 해서."

표정없는 얼굴로 말한 김경철이 방금 장만술이 일어났던 자리에 앉았다.

"앉으시지, 거기도 앉고."

경철이 홍동신과 장만술을 휘둘러보며 말했다 위압적인 말투였으므로 홍동신이 눈을 치켜떴다가 경철의 시선과 부딪쳤다. 그러자 경철이 빙긋 웃었다.

"허세 부리지마라. 후회하게 될 테니까."

"뭐, 뭐라고?"

얼굴이 하얗게 굳어진 홍동신이 더듬거리며 이를 악물었지만 눈동자가 흔들렸다. 뒤쪽에서 문이 열리는 소리가 들리더니 우해준이 서둘러 들어섰다. 그러자 홍동신의 눈동자가 조금 안정되었다.

"뭐하러 여길 온 거야?"

어깨를 편 그가 묻자 경철이 다시 턱으로 앞쪽을 가리켰다.

"앉아라."

"아주 반말을 지껄이는데, 이 새끼가."

"앉아, 어서."

했을 때 우해준이 한 걸음 나섰다.

"이 씨발놈이 어디 와서 행패야? 얼른 안나가?"
 공격자세의 곰처럼 어깨를 웅크린 우해준이 두 손을 조금 앞쪽으로 뻗었다. 두 눈이 이글거리고 있었는데 홍동신 앞에서 실력을 보일 기회를 잡은 기쁨도 있을 것이다. 경철이 옆쪽에 앉은 변준기를 돌아보았다. 평온한 경철의 시선을 받고 변준기의 가슴이 뛰었다.
"이자가 관리 과장인가?"
"예, 회장님."
"여자들 숙소 관리를 맡았던 자야?"
"그렇습니다."
"여자들을 착취해 먹은 놈이로군."
 그들이 문답을 나누는 동안 홍동신과 장만술은 멍하니 눈만 깜빡였으나 우해준의 얼굴은 일그러졌다.
"이 개자식이 여기가 어디라고."
 와락 소리친 우해준이 두 손을 내밀며 한 걸음 더 다가섰을 때였다. 앉아있는 경철과는 이제 한 걸음 간격이었으므로 변준기는 물론이고 홍동신과 장만술도 숨을 죽였다. 그때였다. 튕기듯이 자리에서 일어선 경철이 손을 뻗어 우해준의 팔을 잡는 것 같았다. 그리고 다음순간 우해준의 턱이 털컥 소리와 함께 위로 젖혀지면서 120키로가 넘는 거구가 옆쪽으로 빙글 돌려졌다. 한쪽 팔이 경철에게 잡혀 돌려진 것이다. 그리고는 방 안에 나무토막이 부러지는 것 같은 거친 소리가 났다.
"으으악!"
 우해준의 입에서 끔찍한 고통이 담긴 비명 소리가 터져 나왔고 그는 털썩 무릎을 꿇더니 소파의 팔걸이에 이마를 박았다. 이제는 숨이 넘어갈듯한 비명이 났다.
"아이고오."
홍동신은 우해준의 한쪽 팔이 반대쪽으로 꺾여져서 덜렁거리고 있는 것을 보았다. 그가 눈을 크게 떴을 때 경철이 천천히 자리에 앉았다. 그는 한발짝도 발을 떼지 않았던 것이다.
"저놈의 오른팔은 이제 병신이 되었다."
정색한 경철이 한 발짝쯤 앞쪽에 주저앉아 고통으로 머리를 소파의 팔걸이에 계속 박고 있는 우해준을 바라보며 말했다.
"입을 닥쳐라. 이 병신아. 그렇지 않으면 아주 소리도 못내게 해버린다."
그러자 신기하게도 우해준의 신음이 뚝 그쳤다. 그러나 머리는 아직도 팔걸이를 박고 있어서 소파가 울렸다. 경철의 시선이 옮겨져 왔으므로 홍동신은 숨을 멈췄다.
"대회장께서는 경성회를 두 부분으로 나누셨지만 서로 얽혀 있거야."
정색한 경철이 말을 이었다.
"그래서 오늘 자로 내가 경성회를 통합 관리한다. 따르겠느냐?"
"만일 그렇게 못한다면?"
메마른 목소리로 홍동신이 묻자 경철은 입술 끝을 올리며 웃었다.
"넌 병신이 되어서 이 세계를 떠난다. 저 놈처럼."
그리고는 자리에서 몸을 일으키더니 우해준의 뒤통수를 손바닥으로 후려쳤다. 그때까지도 소파의 팔걸이를 머리로 박고 있던 우해준이 "컥." 소리와 함께 늘어지면서 조용해졌다. 다시 자리에 앉았을 때 경철은 홍동신의 얼굴에 덮인 땀을 보았다. 얼굴빛은 하얗게 질려 있었다.

"저놈은 다섯 시간쯤 후에는 깨어난다. 놀랄 것 없다."

소파에 등을 붙인 경철이 말하더니 다시 홍동신을 보았다.

"자, 결정해라. 지금 당장."

"하룻밤 사이에 평정되었습니다."

웃음 띤 얼굴로 공재국이 말했으나 손대호는 바둑판에서 시선을 메지 않았다. 아침 9시였지만 손대호는 아직 잠옷 차림에 세수도 하지 않아서 머리가 부수수했다.

"김경철이 홍동신을 찾아가 담판을 했다고 합니다. 그 와중에서 홍동신의 부하 한 놈은 팔이 부러져 병신이 되었다고 하는군요."

바둑알을 한점 내려놓은 손대호가 머리를 끄덕였다.

"대담하긴 하군. 결단과 행동이 빠르고."

"강하기도 합니다. 김경철이 직접 손을 썼다는 데요. 그 부하 놈을 병신 만든 것 말입니다."

그때서야 바둑판에서 머리를 든 손대호가 공재국을 바라보았다.

"글쎄, 두고 봐야지."

경철은 홍동신을 감사역으로 임명한 대신에 대경상사의 사장에는 변준기를 앉혔다. 그리고는 장만술과 이태근 등 간부급 10여 명을 추방시켜 버린 것이다. 어젯밤 대경빌딩을 기습 방문한 경철의 기세에 정면으로 도전한 무리는 없었지만 장만술등 간부들은 200명 가까운 회원들을 이끌고 추방당한 상황이었다. 전쟁의 가능성이 남아 있었다. 손대호가 다시 바둑판에 백을 세차게 놓으면서 말했다.

"싸움은 이제부터야."

"기선을 제압했지 않습니까? 그리고 흑과 백을 분명히 구분해 놓았단 말씀입니다. 그 바둑판 위처럼."

"모르는 소릴랑 말어."

눈을 가늘게 뜬 손대호가 바둑판을 내려다보며 웃었다.

"그놈 바둑판에는 노랑색 돌까지 있단 말이야. 기회만 있다면 흑이나 백으로 변할 수 있는 돌들이."

"홍동신이를 말씀하시는군요."

"그놈이 마음으로 승복한 것 같냐?"

손대호가 흑을 집어 백 한 점을 따냈다.

"심종택의 재산 처분이 당면 과제야. 거기에 그놈의 그릇이 드러나겠지."

"어제 2차 간 값이다."

백기성이 10만 원 짜리 수표 2장을 주더니 다시 장부를 보았다.

"어, 테이블에 3번 앉았구만, 그럼 12만 원이다. 관리비로 만원씩만 떼었어"

그리고는 서랍에서 만 원권 뭉치를 꺼내더니 12장을 세어서 토냐에게 건네주었다. 그러자 뒤에 늘어서 있던 여자들이 수근대기 시작했고 눈을 크게 뜬 토냐가 백기성에게 물었다.

"오빠, 정말 이것, 다 주는 거야?"

"아, 씨발, 그럼 내가 그 새끼들처럼 니네덜 돈 떼어먹을 것 같냐?"

눈을 부릅뜬 백기성이 토냐의 뒤쪽을 보면서 소리쳤다.

"다음, 마샤."

동남프로덕션의 제27숙소인 이태원의 20평형 오피스텔 안 이었다. 오전 11시여서 직장인들은 한창 일하고 있을 시간이었지만 막 잠에서 깬 러시아 여자 7명이 숙소 관리자 백기성으로부터 어젯밤의 수당을 받고 있는 중이다. 여자들은 모두 어젯밤 자신이 테이블에 몇 번 앉았던 것까지 알고 있는 터라 계산은 금방 끝이 났다. 백기성이 빈 가방을 들고 일어섰을 때였다. 여자들과 머리를 맞대고 수군대던 토냐가 그에게로 다가왔다. 한국생활 1년 반 째인 토냐는 한국말에 익숙했다.

"오빠, 이것, 수고비야."

토냐의 손에는 만 원권 뭉치가 쥐어져 있었다.

"우리 수당에서 20%를 떼었어."

그러자 눈을 크게 뜬 백기성이 돈과 토냐의 얼굴을 번갈아 보았다.

"너, 왜 이러는 거야?"

"고마워서 그래. 예전엔 우리는 이 돈의 20%도 못 받았어. 그런데…."

"야, 이 씨발년아."

어깨를 부풀린 백기성이 한 걸음 다가섰으므로 토냐는 질색해서 물러났고 집안은 조용해졌다. 백기성이 으르렁대듯 말했다.

"너, 나, 죽는 꼴 보려고 그러는 거지? 내가 이 돈을 받았다가 송장이 되는 꼴 볼래?"

"오빠, 왜 성내? 그리고 송장이 뭐야?"

"이년아, 이런 돈 받았다가는 내가 죽는단 말이다. 데드, 데드."

손을 칼처럼 만든 백기성이 목을 치는 시늉을 하고는 다시 눈을 부릅떴다.

"너희들한테 약속한대로 우리는 절대로 너희들 돈을 뺏지 않는다. 이건 우리 회장님의 약속이야."

그리고는 백기성이 어깨를 폈다.

"혹시나 그런 놈 있다는 소문이 들리면 나한테 말해. 당장에 송장을 만들 테니까."

백기성이 다시 손을 칼처럼 만들고 자신의 목에 댔다.

"데드, 데드."

심종택은 경성회를 이끄는 동안 대경빌딩 외에 3채의 건물을 매입했고 대경상사와 18개의 사업장도 모두 그의 소유였다. 그러나 자신의 명의로 되어 있는 것은 건물 2채 뿐이었는데 나머지는 모두 타인의 명의로 등기해 놓았다. 세금과 단속 관계로 해당기관과 마찰 위험성이 있는 18개 사업장은 말할 것도 없이 타인 명의에다 바지 사장을 내세운 것이다. 거기에다 현금을 좋아하는 습성이 있어서 금고에는 채권과 주식, 양도성 예금증서등 금방 현금화되는 금액이 100억이 넘었으므로 심종택의 재산은 동산과 부동산을 합쳐 드러난 것만 400억이 넘었다. 프로덕션의 회장실 안에는 저녁 8시가 되자

간부들이 가득 찼는데 오늘은 수원에서 나기승과 정팔호까지 불러왔다. 경성회의 재산, 구체적으로 말하면 심종택의 재산에 대한 처분을 결정하려는 것이다. 그래서 경철은 나기승의 추천을 받은 변호사 김안승도 참석시켰다. 심종택은 처자식이 있었으므로 당연히 재산은 상속되어야 한다. 그러나 경성회라는 대파벌의 장으로써 수백 명의 부하가 딸려있는 상황이었으니 처자식에게 모두 넘길 수만은 없는 노릇인데다 전례도 없다. 심종택의 실 소유인 재산 목록을 보던 경철이 입을 열었다

"다시 말하지만 전례가 없는 일이니 우리가 전례를 만든다는 각오로 말하도록, 여러분의 의견을 듣겠다."

그의 말투와 태도에는 이제 권위가 섰다. 그의 시선을 받은 정팔호가 불쑥 말했다.

"심종택 명의로 되어있는 건물 3채는 유가족에게 돌려주고 나머지는 경성회에서 쓰면 됩니다. 간단한 일이요."

정팔호가 김안승에게로 머리를 돌렸다.

"그렇지 않습니까? 변호사 양반."

"가능한 일입니다. 나머지는 타인 명의로 되어있으니까요."

서류를 펼친 김안승이 차분하게 말을 이었다.

"경성회는 조직명에 불과한 터라 나머지 모두는 회장님 앞으로 이전시킬 수도 있습니다."

경철의 앞으로 이전 시킬 수 있다는 말이다. 그가 경철을 바라보았다.

"물론 심종택씨는 명의를 넘기면서 당사자와 이면 각서를 주고받

았겠지요. 그것을 회장님 앞으로 변경시켜야 합니다."

"그건 일도 아니요. 그렇지요?"

정팔호가 묻자 김안승이 쓰게 웃었다.

"어렵지는 않을 겁니다."

"변호사들 말하는 건 맘에 안 들어."

정팔호가 혀를 찼다.

"쉽다고 하면 될 것을 어렵지 않다고 어렵게 말한단 말이야."

"나는 형님 말이 어렵소."

불쑥 박삼이 말했으므로 서너 명이 웃었고 방 안의 긴장이 조금 풀려졌다. 그때 경철의 시선이 홍동신에게로 옮겨졌다.

"홍 감사의 의견은?"

그가 짧게 묻자 홍동신이 기다렸다는 듯이 대답했다.

"정사장 의견과 같습니다. 그리고 다른 방법도 없습니다."

"그런가?"

입맛을 다신 그가 상체를 폈으므로 모두의 시선이 모아졌다. 이런 회의를 여는 자체가 무의미하다는 것이 참석자 대부분의 생각이었다. 조직사회는 법보다도 힘이 우선이었으며 심종택은 힘을 앞세워 부를 모았다. 따라서 심종택이 사라진 지금 자리를 힘으로 차지한 경철이 모든 것을 차지하는 것은 당연한 것이다 심종택의 명의로 되어있는 건물 3채마저도 가족에게 넘겨주지 않을 방법도 얼마든지 있다. 경철이 입을 열었다.

"심회장의 부인과 두 아들에게 건물 3채를 그대로 양도한다. 그것으로 세 가족은 생계를 걱정 안 해도 될 것이다."

"아마 3대는 놀고먹을 겁니다."

다시 정팔호가 나섰다가 나기승의 날카로운 시선을 받고는 입을 다물었다. 경철이 말을 이었다.

"남은 부동산과 현금을 모아 동남투자금융 서울 본점의 설립자금으로 사용하고 회사를 주식회사로 개편하겠다."

그의 시선이 간부들을 차례로 훑었다.

"간부들은 대주주가 된다. 너희들은 물론이고 이제까지 조직에 공헌한 부하들한테도 주식이 배분될 것이다."

방 안은 갑자기 조용해졌는데 정팔호도 입을 딱 벌린 채 눈동자만 굴렸다. 놀란 것이다. 그때 나기승이 입을 열었다.

"지금 수원의 동남 투자금융은 자본금 200억에 수신고 8백억의 우량 금융회사가 되어 있습니다. 우리가 자본금을 늘리면서 상장하면 초우량 금융회사가 됩니다. 회장님께서는 경성회의 재산을 여러분에게 공평하게 나눠주시는 것입니다. 이것이 회장님의 조직 운영 방침이라는 것을 모두들 가슴깊이 명심하시도록."

그날밤 11시 반이 되었을 때 홍동신은 북창동 골목의 조그만 음식점으로 들어섰다.

"상무님, 여깁니다."

안쪽에 앉아있던 두 사내가 그를 맞았는데 장만술과 이태근이다. 그들은 이미 술기운이 오른 얼굴이었고 식탁 위에는 소주병이 네 병이나 비어 있었다.

"늦으셨습니다."

장만술이 말은 정중하게 했지만 눈빛이 거칠었다. 한 시간 반이나 늦은 것이다.

"응, 간부회의가 길어져서."

홍동신이 이태근이 건네준 소주잔을 받더니 한 모금에 삼켰다.

"간부회의가 길어졌다구요?"

술병을 들어 홍동신의 잔을 채워주면서 장만술이 비꼬듯이 물었다.

"왜 중요한 회의였던 모양이지요?"

완전 비꼬는 말투가 역력했지만 홍동신은 다시 술을 입안에 털어 넣었다. 옆 좌석의 손님들이 일어나 나갔으므로 손님은 그들 셋 뿐이었다. 장만술이 충혈된 눈으로 홍동신을 보았다.

"상무님, 우선 잠실 3단지 쪽을 기반으로 삼겠습니다. 최명규하고 합의를 했습니다."

정색한 장만술이 말을 이었다.

"잠실쪽 사업장은 당장에라도 장악할 수가 있어요. 애들도 악에 바쳐 있어서 이젠 해 볼만 합니다."

장만술과 이태근은 장악력이 뛰어난데다 실력도 좋았다. 장악력이란 힘만으로 되는 것이 아니다. 부하들로부터 신뢰를 받아야 하고 그러기 위해서는 자기 희생도 필요한 것이다. 홍동신이 그들을 번갈아 보았다. 그들은 이미 50여 명의 부하를 모아놓고 있었는데 근거지를 대성회와의 접경지역인 잠실 3단지로 삼았다. 그리고는 그쪽지역 대성회 간부인 최명규로부터 활동을 묵인해 주겠다는 약속도 받아낸 것이다. 그것은 대성회장 고근식이 지원해 주겠다는 의미였다.

"이봐, 오해하지 말고 들어라."

홍동신이 말하자 그들은 똑같이 눈을 치켜 떴다. 그들은 이끌어줄 보스가 필요한 것이다. 홍동신은 이제까지 경성회의 제2인자로서 안면도 넓다. 그들의 절박한 시선을 받은 홍동신이 말을 이었다.

"간부회의에서 경성회의 재산 처분이 결정되었어."

홍동신이 긴장한 그들을 보고는 쓴웃음을 지었다.

"나는 한방 맞은 기분이다."

"왜요?"

건조한 목소리로 이태근이 묻자 홍동신이 정색했다.

"심 회장 명의의 건물 3채는 유가족에게 넘기기로 했다."

"나머지는 김경철이 먹겠군요."

"그게 아냐. 나머지 모두를 동남투자금융의 자본금으로 넣었어."

"개새끼, 그럴 줄 알았어."

이태근이 씹어뱉듯 말했다.

"수백억이 될텐데 다 독식했군요."

"그게 아니다. 주식회사로 상장시켜서 운영하기로 했고 오늘 주식 배분 계획이 다 끝났다."

그가 주머니에서 구겨진 종이를 꺼내더니 술병을 치우고 탁자 위에 폈다.

"봐라. 김 회장은 투자한 자본금 몫에다가 이번 증자분을 합쳐 지분율이 22%가 되었고 간부들에게 모두 지분을 나눠주었다."

그의 손이 아래로 내려오더니 어물거리며 멈췄다. 그곳에 자신의 이름이 박혀져 있었기 때문이다.

"어? 상무님은 7%나 되는데요?"

하고 이태근이 놀라 눈을 크게 떴을 때 장만술의 얼굴이 갑자기 굳어졌다. 홍동신의 아래쪽 서너 명의 이름 밑에 박혀진 자신의 이름을 보았기 때문이다. 그때 이태근도 그것을 보았다.

"어? 형님도 4%가 되네?"

그러더니 이번에는 목소리를 높였다.

"어럽쇼. 나도 있어. 난 2.5%야."

그때 장만술이 정색하고 홍동신을 보았다.

"상무님, 이건 무슨 수작입니까?"

"너희들을 추방은 했지만 경성회가 이만큼 성장한데는 너희들 공이 있었다는 거다. 이건 김 회장이 내린 결정이야."

"두 달 후에 상장할 예정이니까 그때 너희들 지분을 처분한다고 하면 너희들은 각각 10억, 6억은 챙길 수 있을거다."

"그냥 갖고 있다면요?"

하고 이태근이 묻자 홍동신이 쓴웃음을 지었다.

"왜? 주식투자 할려고? 모르긴 해도 한 달만 지나면 너희들 주가는 두 배쯤 뛸 것이다. 오늘 증권사하고 상의도 했는데 올해 안에 5배까지는 오를 것 같다고 했다."

이태근은 분주하게 머릿속 계산을 하는지 눈을 깜박이며 앉아 있었지만 장만술은 물끄러미 홍동신을 바라보았다.

"상무님은 마음이 뜨셨구만요? 그렇죠?"

그러자 홍동신이 길게 숨을 뱉었다.

"사실은 너희들을 말리려고 왔다."

장만술과 이태근이 경철을 찾아온 것은 다음날 오후 5시 경이었다. 회장실로 들어선 그들은 엉거주춤 서 있었는데 경철과 시선이 마주치자 머리를 숙여 보이기는 했다. 홍동신도 동남프로덕션에 와 있었지만 어색했는지 변준기가 둘을 안내하여 함께 들어왔다. 경철이 눈으로 앞쪽 자리를 가리키며 부드럽게 말했다.

"잘 왔다. 앉아라."

장만술은 이제 경철로부터 거역 할 수 없는 위압감을 느꼈고 그것에 대한 저항감도 거의 소진되어 있었다. 지난번에 경철이 우해준을 순식간에 병신을 만들 적에도 이렇게 주눅이 들지는 않았었다. 이를 악문 장만술이 시선을 내린 채 앞자리에 앉는 것과는 대조적으로 이태근은 턱을 들고 어깨를 편 자세였다. 장군 앞에서 장교보다 고참 병사가 덜 주눅이 드는 이치와 비슷할 것이다. 경철이 입을 열었다.

"너희들을 추방시킨 것은 여자들에 대한 비인간적인 착취행위 때문이었어. 하지만 나는 너희들이 그 돈의 대부분을 상납해 왔다는 것을 알아."

경철이 부드럽게 말을 이었다.

"앞으로는 그런 일은 없을 거야. 왜냐하면 상납이 없어졌으니까."

그리고는 경철이 불쑥 물었다.

"애들은 몇 명이나 모아놓고 있는 거냐?"

"55명입니다."

시선을 든 장만술이 경철을 똑바로 보았다. 홍동신이 일러바쳤을 지도 모르지만 이제는 숨길 생각도 없다.

"저하고 태근이까지 57명입니다."

"대성회 구역 근처에 모였다지?"

"네."

"대성회의 힘을 업고 이제까지 몸을 바친 경성회에 대항할 정도로 내가 밉더냐?"

그러고는 경철이 웃었으나 장만술은 더 긴장했다. 옆에서 이태근의 목구멍으로 침이 넘어가는 소리가 났다. 경철이 다시 부드럽게 말했다.

"조직은 개인의 소유물이 아니야. 조직을 이용해서 사욕을 채우면 안 된다는 말이다. 이것이 내 신조다."

그리고는 경철이 정색했다.

"나하고 다시 시작해 볼테냐?"

"예, 회장님"

각오를 하고 있었다는 듯 장만술이 선뜻 대답했고 이태근도 서둘러 따라 대답했다. 머리를 끄덕인 경철이 그들을 번갈아 보았다.

"모아놓은 인원을 데리고 일산 신도시 쪽으로 진출해라. 자금을 대 줄테니 계획을 세우도록, 네 구역이 될 테니까 말이다."

번쩍 눈을 크게 뜬 장만술을 향해 경철이 빙그레 웃었다.

"여기 있는 변 사장하고 홍 감사가 너희들을 추천했다. 나도 너희들이 해내리라고 믿는다."

"투자금융회사라."

눈을 가늘게 뜬 손대호가 혼잣소리처럼 말하더니 빙긋 웃었.

"그놈이 제법 놀라게 하는데."

"중간간부까지 모두 주주가 되었습니다. 상장되면 하급 간부도 1, 2억은 손에 쥐게 되겠지요."

대머리를 쓸어 넘긴 공재국이 말을 이었다.

"반란군 50여 명을 모조리 싸안고서 일산 신도시로 보낸 것도 놀랍지 않습니까? 그놈들도 모두 심복이 되었단 말입니다."

"이 영감이 왜이리 떠드노?"

혀를 찬 손대호가 이맛살을 찌푸렸다 오성상사의 회장실 안이었다. 테헤란로에 있는 28층짜리 오성빌딩은 검정색 유리로 겉면을 덮은 명물이었는데 손대호의 소유였다. 그 빌딩의 28층에 위치한 오성상사의 회장실은 말이 회장실이지 다섯 평도 안 되는 면적에 낡은 책상 하나와 헝겊 소파 한 조 뿐이다. 오늘은 손대호가 오랜만에 사무실로 출근해 있었지만 일이 있는 것 같지도 않았다. 사업장 관리는 모두 전문경영인과 변호사에게 맡겨 놓아서 한 달에 한 번 정도 보고나 받는 형편이기 때문이다. 손대호가 갑자기 생각이 났다는 얼굴로 물었다.

"고근식이 나설 때가 되었지 않나?"

"그렇지요. 아직도 회장님께서 절에 가신다는 것이 머리속에 박혀 있을 테니까요."

다시 공재국의 표정에 생기가 떠올랐다.

"김경철의 기반이 굳어질수록 더 초조해질 것입니다."

"잠실쪽에서부터 흔들어보려고 했던 계획이 수포로 돌아갔으니 화도 났겠지."

"고근식은 심종택이와는 다릅니다."

공재국이 정색하며 말했다.

"우선 기반이 단단합니다. 그리고 간부급의 충성도가 높아서 심종택이처럼 쉽게 무너지지는 않을 것입니다."

"그렇지."

"그리고 현재 경성회를 제외한 나머지 4개 파벌과 단단히 연대를 맺고 있습니다. 경성회의 분란기간 동안에 고근식은 팔짱만 끼고 있지 않았습니다."

"많이들 깨우쳤겠지."

소파에 등을 기댄 손대호가 다시 눈을 가늘게 떴다.

"이번 경성회 사건으로 말이야. 오목회는 새 시대에 새롭게 변신해야 할 필요가 있다는걸 느꼈을 거야. 뒤떨어진 놈은 도태된다."

6장
해후

 이태근이 칼에 찔린 것은 신도시에 사무실을 마련한지 보름이 되었을 때였다. 그날 밤에도 닷새 전에 인수한 나이트클럽 안에서 부하 두 명과 함께 내부 시설공사 점검을 하던 이태근은 화장실 안으로 들어갔다가 배에 두 번 칼을 맞은 것이다. 배를 움켜쥔 그가 홀로 나와 쓰러졌을 때 범인은 사라진 후였다 이태근은 수술을 두 번이나 해야 될만큼 중상을 입었고 장만술은 눈에 불을 켜고 범인을 찾았지만 사흘이 지나도록 단서조차 잡지 못했다. 그러나 장만술은 용의자를 셋으로 구분해 놓기는 했다. 가장 가능성이 높은 곳이 신도시에 먼저 뿌리를 내린 2개의 조직이었는데 그들은 경성회의 진출에 정면으로 대항은 못했지만 뒤에서 무슨 짓이라도 할 거친 부류였다. 두 번째 용의선상에 오른 것이 강북의 청수회 소속인 세용회였다. 강북의 청수회는 8개 파벌을 거느린 거대조직으로 세용회는 연

신내 쪽을 기본 구역으로 하고 있어서 신도시가 지척이었다. 그들이 강남의 경성회 진출에 거부감을 느끼는 건 당연한 일이었다. 그리고 마지막 세 번째 경우는 대성회가 방해를 했을 가능성이다. 오목회 안에서 패권을 다투는 관계인지라 경성회의 세력 확장을 견제하려고 칼잡이를 보냈을지도 몰랐다. 경철이 화정의 사무실에 들어섰을 때는 사건이 일어난 지 닷새째가 되는 오전 11시경이었다. 이태근은 병원에 있었지만 첫 사업장의 개업은 예정대로 진행되어서 바로 오늘이 개업 날이었다.

"회장님 오셨습니까?"

연락을 받고 사무실 빌딩의 현관 앞에서 기다리던 장만술이 허리를 꺾어 절을 했다. 몸을 편 그의 얼굴에는 수염이 텁수룩했고 눈에는 핏발이 서 있었다. 개업과 이태근이 문제로 잠을 제대로 자지 못한 때문이다. 사무실로 들어가 마주 앉았을 때 경철은 말했다.

"병원에서 태근이를 만나고 오는 길이다. 석 달 후에는 일할 수 있겠더구만."

"예, 걱정을 끼쳐드려 죄송합니다."

장만술이 머리를 숙였다.

"하지만 예정대로 클럽은 저녁 오늘 7시에 개업식을 합니다."

"그래서 내가 첫 손님으로 들어가려고 왔다."

경철이 손을 내밀자 뒤에 서 있던 백대우가 봉투 하나를 쥐어 주었다.

"이건 동남프로덕션을 떠나 내가 개인적으로 내는 찬조금이야. 받아라."

봉투를 건네며 경철이 얼굴에 웃음을 띠웠다.

"너도 개인적으로 돈 들어갈 데가 많을 거야."

"아닙니다. 이렇게까지 안 해 주셔도 됩니다."

당황한 장만술이 손까지 저었다가 경철이 손을 거두지 않았으므로 마침내 받았다.

"감사합니다. 회장님"

그러자 경철이 정색하고 말했다.

"태근이를 습격한 놈은 경고를 한 것 같다. 그것으로 그칠 것 같지가 않아."

"저도 그렇게 생각합니다."

긴장한 장만술이 경철을 보았다.

"그래서 클럽 경비를 강화시켰습니다. 이번에 다시 치고 온다면 틀림없이 잡겠습니다."

"내가 개업식에 참석한다고 소문을 냈으니까 유혹을 참기 힘들 거야."

소파에 등을 붙인 경철이 희미하게 웃었다.

"뜨내기 조직이 아니라면 오늘밤에 나를 치려고 하겠지. 그러면 단숨에 일이 해결될 수 있어."

"회장님, 그러시면…."

눈을 크게 뜬 장만술이 말을 잇지 못하자 경철이 머리를 끄덕였다.

"그래. 내가 미끼가 되겠지, 나는 놈들의 뿌리를 단번에 뽑아 버리려고 온 거야."

"청수회는 오목회하고는 전혀 다른 체제를 가진 조직이요."

변준기가 박삼에게 말했다.

"청수회장 강용만은 지금 살인교사에다 마약 반입 혐의로 여러차례 검찰에 불려갔지만 끄덕없이 8개 조직을 관리하고 있어요."

동남프로덕션의 사장실 안이었다. 변준기는 경철이 화정에 갔다는 소식을 듣고는 부리나케 달려왔는데 홍동신과 셋이서 마주앉았다. 변준기가 말을 이었다.

"만일 이태근을 친 것이 세용회쪽 놈이라면 청수회의 강홍만이 지시를 내렸을 거요. 강홍만은 우리 대회장님과 달라서 8개 조직 일을 일일이 간섭합니다."

"잔인한 인간이지. 살인교사 2건의 혐의가 있지만 실제로는 10명도 더 죽였어 그래서 별명이 백정이야."

뱉듯이 말한 홍동신이 입맛을 다셨다.

"회장님을 말렸지만 막무가내였어. 개업식에는 꼭 참석하시겠다는 거요."

"위험한데…. 개업식 같은 장소는 피하는 것이 좋은데."

이맛살을 찌푸린 변준기가 둘을 번갈아 보았다.

"청수회쪽 놈들이 아니더라도 그쪽 동네 조직들이 습격할 가능성이 있는데 말이야. 이태근을 찌르기만 한 건 경고였을 가능성이 많아요"

"나도 그렇게 말씀을 드렸어. 장만술만 만나고 바로 돌아오시라고."

"몇 명이나 데려가셨소?"

문득 변준기가 물었으므로 홍동신이 머리를 한쪽으로 기울였다.

"백대우가 다섯 명쯤 데려갔을 거야. 회장님이 요란한 걸 싫다고 하셔서."

"그럼 경호원을 더 보냅시다. 회장님 모르게 말이요."

재촉하듯 변준기가 말했을 때 박삼이 머리를 저었다.

"회장님이 무슨 생각이 있으시겠지요. 홍 감사가 따라 간다는 것도 필요 없다고 허신걸 보면 그런 생각이 드는디요."

박삼의 느린 사투리에 조금 김이 빠진 듯 홍동신과 변준기가 서로의 얼굴을 보았다. 벽시계가 오후 7시를 가리키고 있었다.

개업식은 성대하게 진행되었다. 고양시 화정의 번화가에 세워진 블루문 클럽은 성인나이트클럽으로 건평이 400평 가깝게 되었다. 그러나 1년 전에 모나코라는 이름으로 개업했다가 손님이 없어 망해버린 클럽을 인수한 것이어서 장만술은 전혀 다른 방법으로 운영할 계획이었다. 그래서 동남프로덕션의 도움을 받아 러시아와 동남아쪽 A급 무용수 30명을 고정출연 시켰고 홀 분위기도 최고급으로 꾸몄다. 서울에서 온 원정손님을 주 고객으로 확보하려는 것이다. 밤 11시가 되었을 때 밀실에 앉아있는 경철에게 장만술이 찾아왔다. 말끔한 신사복 차림의 그가 얼굴을 펴고 웃었다.

"회장님, 홀이 꽉 찼습니다. 이 분위기라면 입소문으로 선전이 될 것입니다."

"나도 봤어."

주스 잔을 든 경철이 따라 웃었다.

"고급 작전은 성공이다."

"회장님이 밀어주신 덕분입니다."

"말도 안 되는 소리 말아라."

경철이 머리를 젓고는 자리에서 일어섰다.

"이제 그만 가야겠다."

장만술과 함께 방을 나온 경철은 홀의 끝에 서서 홀 안을 둘러보았다. 대부분이 서울 손님이어서 한 눈에도 손님들의 수준이 고급인 것을 알 수 있었다. 몸을 돌린 경철은 뒤쪽 복도를 걸어 뒷문으로 나왔다. 문 앞쪽은 바로 주차장이다. 이미 연락을 받은 부하 두 명이 문 앞에서 경철을 맞았고 라이트를 켠 대형승용차가 경철 앞으로 다가섰다. 그때였다. 요란한 엔진 소리가 들리더니 승합차 한대가 주차장 입구로 들어서더니 경철의 승용차와 부딪칠 듯 하면서 멈춰섰다. 그리고는 승합차에서 5, 6명의 사내가 뛰어 내렸다.

"왔다!"

장만술이 버럭 고함을 친 것은 부하들을 불러모으려는 의도였다. 그때는 이미 사내들이 이쪽으로 달려들고 있었는데 모두 손에는 일본도를 쥐고 있어서 살기가 넘쳐흘렀다. 경철은 앞을 가로막아 선 백대우의 어깨 너머로 주차장의 양쪽 구석에서 이쪽으로 달려오는 10명의 사내들을 보았다. 그들도 모두 일본도를 쥐었고 벌써 장만술의 부하 세 명이 칼에 맞아 쓰러졌다.

"문이 잠겼어!"

하고 누군가가 뒤쪽에서 악을 쓰듯 외쳤다. 클럽 뒷문이 안에서 잠겨진 것이다.

"비켜라!"

경철이 소리친 것은 그때였다. 백대우를 제치고 와락 앞으로 나선 경철은 머리위로 내려오는 일본도를 몸을 틀어 피하면서 사내의 양미간을 주먹으로 쳤다.

"퍽"

소리와 함께 콧등이 무너진 사내가 주저앉는 순간 경철은 사내의 손에서 일본도를 낚아채었다 그리고는 몸을 틀더니 옆에서 달려든 사내의 사타구니를 차 올렸다. 눈 깜짝할 사이에 두 사내가 나뒹굴었을 때 공간이 생겼고 양측 전세가 확연하게 드러났다. 양쪽은 뒤엉켜 있었지만 이쪽은 머릿수도 열세인데다 이미 반 이상이 쓰러졌다. 습격자는 전원이 일본도로 무장되어 있는데 반해 이쪽 대부분은 맨손인 것이다.

"비켜라!"

주차장을 울리는 고함소리와 함께 경철은 몸을 날려 혼전의 중심으로 뛰어 들었다. 경철을 보호하려고 무작정 뒤를 따랐던 장만술은 눈을 부릅떴다. 경철의 몸은 마치 땅을 밟지 않고 떠다니는 것 같았기 때문이다. 이리저리 흔들거리듯이 움직였으나 한 걸음 뗄 때마다 내려친 경철의 일본도는 사내들의 머리와 어깨에 내려 찍혔고 그때마다 주차장 안에서 비명소리가 터지기 시작했다.

"장 사장! 입구를 막아라!"

경철이 소리쳤을 때에야 장만술은 정신을 차렸다. 그리고 경철의 뒤를 따른다고 해도 그에게 방해만 될 뿐 전혀 도움이 안 된다는 것도 알았다.

"입구를 막아라! 물러서!"

장만술이 벼락같이 고함을 친 순간에 칼끝이 날아왔다. 주차장의 보안등 불빛사이로 흰 섬광이 목을 향해 번쩍이며 다가온 순간 장만술의 모발이 곤두섰다. 피할 길도 없는 터라 이제 죽는다는 생각이 스친 것이다. 그때였다.

"쨍강."

날카로운 쇳소리가 나면서 눈앞에서 칼날이 부딪쳐 불똥이 튀었다. 그리고는

"어으윽!"

목구멍이 터진 것 같은 신음소리와 함께 사내가 턱을 치켜든 자세로 뒤로 반듯이 넘어졌다. 경철이 막아 쳐 준 것 이다. 장만술의 고함에 부하들이 한 두 걸음씩 물러선 것이 경철에게 활동할 공간을 더 주었다. 그러나 그것도 숨 한번 들이 쉴 때의 짧은 순간 동안이었다. 경철은 일본도를 휘둘러 앞과 뒤의 사내를 각각 뒷머리와 목을 후려쳐 쓰러뜨렸다. 뼈가 부서지는 소리가 들렸지만 피는 튀지 않았다. 경철은 이제까지 칼등으로만 친 것이다. 몸을 날린 경철이 등을 보이는 사내 하나의 어깨뼈를 부순 다음 몸을 낮춰 옆쪽 사내의 무릎뼈를 박살내었을 때 남은 사내들의 진용이 흔들렸다. 모두의 눈빛이 흔들렸고 방향이 제각각이다. 경철이 다시 뛰어올라 두 사내의 허리와 머리를 쳐서 쓰러뜨렸을 때 남은 사내는 셋이었다. 겁먹은듯 그들은 세 방향으로 흩어져 도망치기 시작했는데 둘러서 있던 장만술과 부하들이 내버려 둘리가 없다. 사내 하나는 등에 칼이 찍혀 단발마의 비명을 지르면서 쓰러졌고 다른 하나는 차 위로 오르다

돌에 얼굴을 맞아 네 활개를 펴고 떨어졌다. 다른 하나는 주차장 입구에서 잡혔는데 제일 비참했다. 너덧 명으로부터 잔인한 린치를 당하는 바람에 비명조차 없었다.

"죽이면 안된다."

경철이 단호하게 말하자 헐떡이던 장만술이 금방 소리쳤다.

"죽이면 안돼! 이 새끼들아!"

"모두 15명입니다."

다가선 장만술이 경철에게 말했다. 그는 어깨와 옆구리를 칼로 찢겼지만 붕대를 감은 후에 새 양복을 입었기 때문에 겉으로는 멀쩡하게 보았다.

"그중 셋은 중상이라 애들 딸려서 병원으로 보냈습니다."

화정 변두리의 창고 안이다. 이쪽은 여덟 명이 칼에 찔려 부상을 입었는데 둘이 중상이었다. 창고 안에는 중상자를 제외한 12명의 사내가 잡혀 있었는데 모두 상처에 붕대를 감아서 마치 야전병원 같았다 그러나 주위에 둘러선 20여 명의 사내들이 풍기는 분위기는 살벌했다. 장만술이 번들거리는 눈으로 경철을 보았다.

"회장님, 어떻게 할까요?"

"보내줘라."

"네?"

눈을 치켜떴던 장만술이 무언가를 말하려는듯 입을 벌렸다가 다물었다. 경철이 낮게 말했다.

"이미 세용회 놈들인줄 알게 되었으니까 잡아둘 필요도 없다. 우리가 당한 싸움도 아니니까."

"그렇지요 세용회 놈들을 박살내었지요."

장만술이 정신없이 머리를 끄덕였다. 잡힌 15명중에서 세용회의 행동대원 네 명을 알아보았는데 그중 하나가 장만술에게도 낯이 익은 간부급이었다. 그러나 그는 뒷머리가 터져 병원으로 실려갔다. 경철이 사무실 밖의 시멘트 바닥에 널부러져 있는 사내들을 턱으로 가리켰다.

"택배 차를 불러서 세용회장 앞으로 보내라."

"알겠습니다. 4톤 트럭이 있어야겠군요."

장만술이 정색하고 말하더니 경철에게 허리를 꺾어 절을 헌다.

"미처 인사를 못 드렸습니다. 회장님께서는 제 목숨을 구해주신 은인이십니다."

"그놈 실력이 그렇게 좋은가?"

고근식이 놀랍다는 듯이 눈을 가늘게 뜨고 배용수를 보았다. 다음날 아침 성한건설의 회장실 안이었는데 배용수는 어젯밤의 사건을 보고한 것이다.

"예, 거의 혼자서 15명을 해치웠다는데요. 그것도 칼등으로 쳐서 죽이지는 않았답니다."

배용수가 손짓까지 곁들이며 말을 이었다.

"아침에 애들을 보내서 싸움판에 있었던 놈들한테 직접 듣게 했습니다. 마치 야차처럼 날아 다녔답니다."

"반쯤 공갈이 섞이는 거야. 그런 일은."

"아닙니다. 실제라는데요. 15명중에서 장만술이 쪽에서 해치운 놈들은 넷인가 다섯 밖에 되지 않았다고 합니다."

"그런데 왜 네가 신이 나서 떠드는 거야?"

"아니, 제가 언제."

입맛을 다신 배용수가 시선을 내리더니 쓴웃음을 지었다.

"회장님도 참."

"이젠 그놈이 청수회와 붙게 되었구만."

고근식이 정색하고 말했다.

"얼굴에 똥칠을 한 박세용이가 가만있지 않을텐데. 재미있게 되었다."

"그렇겠지요. 이삿짐 차에 실려온 부하들을 받았으니 박세용은 얼굴도 들고 다니지 못할 겁니다."

박세용은 세용회의 회장이다.

"어쨌든 대단한 놈인데 그 김경철 말이다."

이맛살을 찌푸린 고근식이 배용수를 보았다.

"그놈 별명이 야차라던데."

"예, 별명이 딱 들어맞는다고 하더군요. 모두 모이면 어젯밤 이야기만 합니다. 이젠 김경철이 경성회에서 기반을 확실하게 굳혔다고 봐야합니다."

고근식이 머리를 끄덕였다. 장만술과 이태근을 다시 포용한 김경철의 도량과 심종택의 재산을 주식회사로 환원시켜 간부급 모두에게 분배한 처신은 그로서도 상상하지 못했던 일이었다.

"하지만 강북의 청수회와 오랫동안 이어졌던 평화가 그 애송이 때문에 깨졌다. 세용회가 습격해 온 것도 다 이유가 있어. 강북으로 진출하려면 최소한 구역을 맞대고 있는 세용회와 미리 타협을 했어야 했어."

다부지게 말한 고근식이 소파에 등을 붙이고는 웃었다.

"영감이 놈을 어떻게 처리할 지 궁금하군 그래. 청수회가 거세게 나온다면 영감 입장이 난처해 질 테니까 말이야."

그 시간에 경철은 손대호의 거처를 찾아 손바닥만한 마당으로 들어서고 있었다.

"대회장님 김 회장님이 왔습니다."

경철을 안내한 공재국이 코앞의 방에다가 소리치자 문은 열리지 않고 손대호의 짜증난 듯한 목소리가 들렸다.

"김 회장이라니? 어떤 놈이야?"

그러자 공재국이 경철을 향해 눈을 가늘게 뜨고 웃더니 정색하고 다시 말했다.

"경성회의 김경철입니다."

"김경철이 경성회 회장이냐? 그 무슨 프로덕션 회장이지."

그리고는 문이 열렸다. 손대호는 밑에는 양복바지를 입었지만 윗도리에 구겨진 파자마를 걸친 우스꽝스러운 차림이었다. 경철이 허리를 숙여 절을 했다.

"어젯밤 일을 보고 드리려고 왔습니다."

"나한테 잠자리 행사까지 보고할 필요는 없다."

"어젯밤에 청수회 소속의 세용회 행동대가 습격해 왔기에 이삿짐 차에 실어서 박세용 씨한테 보냈습니다."

"이삿짐 차가 밤에도 뛰나?"

그때 공재국이 헛기침을 했다.

"대회장님, 마루 끝에라도 앉게 하시지요. 아니면 이부자리를 개고 방으로 들이시든지."

"아버지는 일부러 저러시는 거라구요."

하면서 옆쪽 부엌에서 맑고 높은 여자의 목소리가 울렸으므로 경철이 놀라 몸을 들었다. 부엌에서 나온 여자는 옅은 하늘색 스웨터에 바지 차림이었는데 소반을 받쳐들었다. 여자는 경철에게 시선도 주지 않고 앞을 스치고 지나더니 소반을 방 안에다 내려놓았다. 찬이 두 개에 흰죽 그릇이 올려진 밥상이었다.

"전복죽 하나 끓이는데 두 시간 반이나 걸린단 말이냐?"

눈을 치켜뜬 손대호가 죽 그릇을 흘겨보며 투덜대었다.

"이건 뭐야? 밥알이 펄펄 살아있지 않나 말이다. 이건 죽이 아니라 국밥이다."

"안 드시려면 그냥 상 내갈까요?"

"놔 둬!"

손대호가 소리치고는 상을 끌어당기더니 생각났다는 듯이 경철을 보았다.

"거기 앉아라."

경철은 쪽마루 끝에 겨우 엉덩이만 걸치고 앉았을 때 여자는 부엌으로 돌아갔다. 반대쪽 마루에 앉은 공재국이 입맛을 다셨다.

"맛있는 냄새가 나는데요. 대회장님."

"분위기 부드럽히려고 쇼하지 말어."

눈을 부라린 손대호가 수저를 들며 말했다.

"일 저지르고 나한테 보고한답시고 찾아오기만 하면 다냐?"

"제가 오늘 세용회장을 찾아갈 작정입니다 그것을 보고 드리려고 왔습니다."

죽을 한 입 떠 넣던 손대호가 경철을 바라보았다.

"찾아가서 뭐 하려고?"

"어젯밤 일을 매듭짓겠습니다."

"이놈이 아직 물정을 모르는구만."

손대호가 혀를 차더니 죽을 다시 떠넣고는 맛있게 씹었다.

"영감이 설명해 주지 그래."

"김 회장은 동남프로덕션의 회장으로 어젯밤 일을 한 거요."

정색한 공재국이 경철에게 말했다.

"오늘 아침에 대회장께서는 청수회의 강홍만 회장한테 그렇게 말씀 하셨습니다."

그것은 오목회는 이 일에 관계하지 않겠다는 말과도 같다. 경철이 머리를 끄덕였다.

"저도 박세용 씨한테 그렇게 말할 작정이었습니다."

"그렇다면 가실 필요가 없게 되었소. 아마 가게되면 박세용이 가만두지 않을 거요."

부드럽게 말한 공재국이 정색했다.

"무슨 뜻인지 아시겠지요? 이제 김 회장은 혼자서 청수회를 상대하게 되었소."

"압니다."

그때 다시 부엌에서 여자가 나왔는데 이번에는 커피잔 두 개를 놓은 쟁반을 들고 있었다.

"커피 드세요."

여자가 경철과 공재국의 앞에 커피잔을 내려놓았다. 그러자 공재국이 헛기침을 했다.

"참, 소개가 늦었소. 이쪽은 동남프로덕션의 김경철 회장이시오. 인사들 하시지."

그리고는 여자를 가리켰다.

"이쪽은 대회장님의 따님으로 손은 양이지."

마루에서 일어선 경철이 손은에게 머리를 숙였다.

"김경철입니다."

"여기선 조폭이라고 부른다죠?"

정색한 손은이 대뜸 그렇게 물었으므로 경철은 눈만 껌벅였다. 손대호는 모른 척 전복죽을 떠 넣는 중이었고 공재국도 딴전을 피웠다. 경철이 손은을 바라 보았다. 맑은 눈이 대답을 기다리는 듯 경철에게 향해져 있었다.

"무엇을 말입니까?"

"댁같은 사람. 물론 우리 아버진 마론 브란도 같은 대부로 불리길 바라시겠지만 말예요. 꿈도 야무지시지."

경철은 손은의 눈에서 경멸감과 적의를 읽어냈다. 내색않고 머리를 끄덕인 경철이 정중하게 말했다.

"그렇습니다. 조폭이라고 합니다."

"젊은 나이에 출세하신 걸 보면 실력이 대단하신 것 같네요. 그

실력 기준은 물론 싸움이겠죠?"
　그때 손대호가 죽 그릇을 내밀며 말했다.
　"얘, 전복국밥이 맛있다. 반 그릇만 더 다오"
　손은이 빈 그릇을 받아들고는 부엌으로 갔으므로 경철이 손대호에게로 몸을 돌렸다.
　"대회장님, 그럼 물러가겠습니다."
　"어, 그래."
　손대호는 어서 가라는 듯 손을 흔들었다.

　박삼은 동남프로덕션의 사장이 된 후로 그야말로 불철주야로 일을 했다. 고졸학력에다 용역회사에서만 10여 년을 보낸터라 동남프로덕션의 업무가 힘에 겨운 것은 당연했다. 그러나 천성이 적극적인데다 융통성이 많았고 겸손했다. 모르는 것은 솔직히 모른다고 했으며 전문적인 업무는 실무급에게 과감히 넘기고는 직원들의 융화에 치중했다. 자신이 해야할 일을 스스로 찾아낸 것이다. 그래서 지금은 프로덕션의 사장으로 위치가 굳어져 경철의 다섯 손가락 안에 드는 핵심 간부가 되었다. 오늘도 박삼은 밤 10시가 지나서야 회사를 나왔는데 동남투자금융의 사장인 나기승과 함께였다. 자금 관계로 나기승이 찾아와 의논을 했기 때문이다.
　"지가 한잔 사지요"
　차에 올랐을 때 박삼이 말했다.
　"괜찮은 저희들 업소가 하나 있습니다."
　"애들이 괜찮다는 거야?"

"행님은 중국여자들을 좋아 허시지 않습니까? 새로운 중국여자들이 들어 왔지요."

"팁은 얼만데?"

"지가 낼께요."

그러자 나기승이 얼굴을 펴고 웃었다.

"오랜만에 회포를 풀겠구만. 박 사장 덕분에 말이야."

차는 10분 쯤 후에 논현동 시장 근처의 아담한 클럽 앞에서 멈춰 섰는데 미리 연락을 받은 지배인이 현관 앞에서 기다리고 있었다. 나기승은 술은 잘 못하지만 여자는 꽤 밝히는 축이었다. 수원에 있는 정팔호와는 반대였고 박삼은 어떤 축인가 하면 둘 다 관심이 적었다. 밀실로 안내된 그들에게 곧 탤런트만큼이나 미모인 중국여자 둘이 파트너로 앉혀졌다. 나기승은 좋아서 입이 쩍 벌어졌다.

"이제야 상경한 보람이 있구만. 회장님한테는 죄송하지만 말씀이야."

그는 술잔도 들기 전에 여자의 허리부터 감아 안았다. 경철은 장만술의 클럽이 개업한 날부터 밤이면 신도시로 가서 밤을 세우고 있는 것이다. 양주 한 병이 비워졌을 때 쯤해서 나기승은 후끈 달아올라 있었다. 그는 이미 여자의 온갖 곳을 다 더듬고 만진 후라 나머지 과정만 남았다.

"행님, 그럼 내가 지배인헌티 말허고 오지요."

박삼이 일어나며 말했다. 지배인한테 2차값 계산을 치뤄주고 오려는 것이다. 눈치를 챈 나기승이 건성으로 머리를 끄덕였다.

"어, 자네도 같이 가는거지?"

박삼이 방을 나가자 나기승은 여자의 깊은 곳에 다시 손을 넣었다. 여자도 싫지 않은 듯이 다리를 벌려주었다.

"흐흥 이것이 보통 년이 아닌데 그래."

흐뭇한 그가 더운 숨을 뱉었을 때였다. 밖이 소란스러워진 것 같더니 문이 벌컥 열리면서 지배인이 뛰어 들어왔다. 눈을 치켜뜬 얼굴이어서 나기승과 여자는 떨어졌다. 지배인이 헐떡이며 말했다.

"사, 사장님, 박 사장님이."

눈만 껌벅이는 나기승을 향해 지배인이 손으로 밖을 가리켰다.

"박 사장님이 복도에서 당하셨습니다."

"뭐라고?"

나기승이 벌떡 일어났다. 그리고는 지배인을 따라 밖으로 뛰쳐나갔을 때 복도에 모여서 있던 종업원들이 일제히 갈라섰다. 그러자 양탄자 위에 쓰러져 있는 박삼이 보였다. 박삼은 사지를 뒤틀며 떨었는데 입에서 피가 흘러내렸고 눈을 부릅뜨고는 있었지만 촛점이 없다.

"어, 어디를 맞았는지 모르겠습니다."

종업원 하나가 더듬대며 말했다.

"찔린 상처도 없고 머리 쪽을 무얼로 맞은 것 같습니다."

경철이 병원에 도착했을 때는 새벽 1시경이었다. 응급실로 들어선 그에게 변준기와 홍동신이 다가왔다.

"머리를 맞았다고 합니다."

변준기가 일그러진 얼굴로 말했다.

"아직 의식이 없습니다."

박삼은 응급실 구석에 눕혀져 있었는데 호흡기까지 끼워져 있었지만 시체처럼 움직이지 않았다. 그러나 맞았다는 머리는 멀쩡해서 피 한방울 보이지 않았다. 박삼을 내려다보는 경철의 옆으로 홍동신이 다가섰다.

"회장님, CT촬영을 했는데 머리에 손자국이 찍혀 있답니다. 손바닥으로 쳤다는 겁니다."

머리를 돌린 경철이 홍동신을 바라보았다. 얼음처럼 차가운 시선이었으므로 홍동신은 전신에서 한기가 느껴졌다. 경철이 응급실 밖으로 나왔을 때 백대우가 사내 하나를 데려 왔다. 논현동 상아 클럽의 지배인이었다. 경철 앞에 선 그는 어깨를 움츠리더니 목소리를 떨었다.

"방 7개에 손님이 다 차 있었습니다. 그리고 홀에도 여덟 테이블이나 손님이 있었습니다."

머리를 든 그가 안간힘을 쓰듯이 말했다.

"복도는 홀에서 보이는 위치에 있었기 때문에 홀에 있던 놈들이 습격한 것 같습니다."

"솜씨가 좋은 놈이다."

경철이 뱉듯이 말했으므로 둘러섰던 사내들이 몸을 굳혔다. 머리를 돌린 경철의 시선이 끝 쪽에 서 있는 나기승에게서 멈춘다.

"나 사장, 박 사장이 나간지 얼마 만에 일이 일어났지요?"

"예, 저… 1분도 안 된 것 같습니다."

금방 얼굴이 벌개진 나기승이 허둥대며 대답했다. 그는 머리칼이 흐트러졌고 넥타이는 비틀게 매달렸다. 시선을 떨군 그가 이를 악물었다.

"죄송합니다, 회장님."

경철이 옆에 서 있는 홍동신을 바라보았다.

"프로덕션 간부들을 즉시 소집하도록."

"예, 회장님."

"이제는 홍 감사가 프로덕션을 맡아 줘야겠어."

놀란 홍동신이 눈을 크게 떴다.

"회장님, 박 사장이 깨어나기를 기다렸다가…."

"박 사장은 깨어나지 못해."

자르듯 말한 경철이 발을 떼었으므로 놀란·간부들이 일제히 머리를 들어 경철을 보았다 그들은 한 무리가 되어 어둠에 덮인 주차장으로 나왔다.

"회장님, 그것이 무슨 말씀입니까? 병원에서는 지켜보자고 했습니다만…."

참다못한 홍동신이 묻자 경철은 머리를 저었다.

"깨어난다고 해도 눈을 못뜨고 수족을 움직일 수 없을 거요."

그러자 둘러선 간부들이 얼굴을 굳히며 경악했다. 억눌린 정적을 먼저 깨뜨린 사람은 변준기였다.

"회장님, 세용회가 보복해온 것 아닙니까? 대책을 마련해야 합니다."

눈만 치켜뜬 경철에게 그가 바짝 다가섰다.

"이대로 있을 수는 없습니다."

동남프로덕션의 상무가 되어있던 정기식이 피습을 당한 것은 그로부터 두 시간쯤 후인 새벽 3시 반 경이었다. 정기식은 심종택의 경호 대장을 지낸만큼 실전에 뛰어난 인물이다. 지난 번 경철을 도와 심종택 제거에 일익을 담당한 후 에 본인의 희망에 따라 동남프로덕션의 상무로 영전이 되었 는데 박삼 못지않게 일에 의욕적이었다. 프로덕션의 상무직은 전에 변준기가 맡았던 영업을 총괄하는 위치였다. 그는 박삼이 피습당했다는 연락을 받자 제일 먼저 병원으로 달려 와 뒷수습을 하고는 두 시 반쯤 사업장 단속을 하려고 돌아갔던 것이다. 역삼동의 현장 사무소 앞 주차장에서 습격을 당한 그도 박삼과 같은 성동 병원에 실려왔다. 그리고 그 역시 뒷머리를 맞아 의식을 잃은 상태였다.

"세용회 쯤 엎을 수 있습니다."

신도시에서 달려온 장만술의 목소리는 컸다. 그는 이미 전쟁을 한 번 치룬 후라 작심한 듯 말했다.

"병사 수만으로도 그 새끼들은 하룻밤 안에 박살을 낼 수 가 있어요."

프로덕션의 회의실 안이다. 박삼의 피습으로 간부 회의를 아침 6시에 소집시킨 터라 5시 반인 지금 사무실로 간부들이 속속 들어오고 있는 중이었다. 그러나 분위기는 어수선했다. 프로덕션을 맡게 된 홍동신은 간부들을 이끌고 다시 병원으로 달려간데다 변준기는 이쪽 저쪽에다 전화를 하고 받느라고 분주했다. 장만술의 재촉하는 것 같은 시선을 받은 경철이 입을 열었다.

"저쪽은 한 놈이야. 박삼을 습격한 놈이 정기식을 친 것이다."

회의실이 조용해졌고 경철의 낮은 목소리가 울렸다.
"우리도 회원들을 동원할 필요는 없다."

"김 회장은 움직이지 않았습니다."
무릎을 단정히 꿇고 앉은 여무상이 말했다.
"아침 8시에 간부회의를 끝낸 다음 모두 원위치로 돌아가서 평상시처럼 근무하고 있습니다."
손대호의 안방에는 셋이 모여 있었는데 오늘은 공재국 외에 여무상이 끼었다. 여무상은 40대 중반쯤의 나이에 평범한 얼굴이었고 보통 체격이었다. 스쳐 지나거나 지하철에서 마주보며 앉아 있어도 눈에 들어오는 부류가 아닌 사내인 것이다. 여무상이 말을 이었다.
"김 회장은 습격자가 한 사람이라는 것을 파악한 것 같습니다. 간부들은 진정시킨 다음에 회사를 나와 어디론가 잠적했습니다."
"놓쳤단 말인가?"
공재국이 묻자 여무상이 머리를 조금 숙였다.
"예, 경호원 한 사람만 데리고 전철역 안에서 재빨리 모습을 감췄습니다."
"미행을 눈치 챈건가?"
"그런 것 같지는 않습니다."
"지금 무슨 말들을 하는 거야?"
손대호가 짜증을 냈으므로 두 사람은 긴장해서 바로 앉았다. 이맛살을 찌푸린 손대호가 여무상을 쏘아보았다.
"습격자가 누구인 것 같으냐?"

"세용회쪽을 알아보았지만 그럴 만한 솜씨를 가진 자는 없었습니다. 그 놈은 한 번씩만 손으로 내리쳤는데 두 사람 모두 뒷머리의 오른 쪽을 맞았습니다. 몸의 급소를 정확히 파악하고 실수를 쓴 겁니다."

"중국 무협지에 나오는 고수가 나타났단 말이냐?"

"저도 병원에 가 보았지만 이런 수법은 본 적이 없습니다. 잔인한 수법입니다."

"청수회의 강홍만이가 보내지 않았을까?"

"우선 이런 수법을 쓰는 자를 찾아보겠습니다."

여무상이 공손하게 말하자 손대호가 혀를 찼다.

"너도 나이가 들더니 조금 둔해진 것 아니냐? 전과는 조금 다른 것 같다."

"죄송합니다, 회장님."

머리를 숙인 여무상이 쓴웃음을 지었다. 그가 이제까지 말로만 전해왔고 실체를 한 번도 드러내지 않았던 오목회의 집행부장이었다.

"그럼 저는 먼저."

손대호에게 엎드려 절을 한 여무상이 공재국에게 눈인사를 하더니 일어나 방을 나갔다.

"첩첩 산중입니다."

입맛을 다신 공재국이 말하고는 힐끗 손대호의 눈치를 보았다.

"하긴 비온 뒤에 땅이 굳어지긴 하지요."

"그런데 이 계집애는 왜 안 오는 거야?"

그때 대문이 열리는 소리가 들리더니 곧 방문이 열렸다.

"청심환 싼 것 사왔어요."

들어오지 않은 채 손은이 청심환만 내밀자 손대호가 혀를 찼다.

"들어와 앉아라."

손은이 들어와 여무상이 앉았던 자리에 앉자 바깥의 찬 공기가 방 안으로 흘러 들어왔다. 손은이 유난히 검은 눈동자로 손대호를 바라보았다.

"왜요, 아버지?"

"네가 구해달라던 물건이 나왔다. 지난번에 이곳에 왔던 김경철이 알지? 김 회장이라고 한 놈 말이다."

"아, 그 조폭?"

그러자 공재국이 쓴웃음을 지었지만 손대호는 못들은 척 했다.

"그 놈한테 가면 안내해 줄 것이다."

"어딘데요?"

"역삼동에 있어. 위치가 좋다."

"그럼 지금 가야겠네."

"내가 전화를 해 줄 테니까."

그리고는 손대호가 정색했다.

"네가 내 딸이라는 건 그 놈 밖에 모른다. 다른 놈들한테는 내색하지 말도록."

백대우가 핸드폰을 들고는 이맛살을 찌푸리며 경철을 보았다. 회사로 돌아오는 차 안이었다.

"회장님을 찾는데요. 누군지는 회장님께만 밝히겠답니다."

경철이 잠자코 휴대 전화를 받아 줬었다.

"나, 김경철이요."

사내가 목구멍을 울리며 웃으면서 낮게 말했다.

"요즘 바쁘겠구나."

"당신 누구야?"

"우리가 10년 후에 만나기로 했던가? 그럼 앞으로 3년 남은 거냐?"

했을 때 경철은 와락 상체를 세웠다. 눈을 치켜뜬 그의 모습을 보자 옆자리의 백대우는 몸을 뻣뻣하게 굳혔다.

"너는 고석규."

"임마, 형 이름을 함부로 부르면 되나?"

"네가 한 짓이었구나."

경철이 긴장하며 말하자 고석규가 다시 짧게 웃었다.

"알아볼 줄 알았다. 그 실수는 아마 너와 나 둘 밖에 모를 테니까. 물론 사부 놈 빼고 말이지."

"네가 왜?"

"어차피 우리는 각자의 길을 걷도록 되어 있는 운명이다. 배국청도 그것을 예상하고 있었어."

"못난 놈. 다른 길도 많을 텐데, 내 앞을 막으려고 나서다니."

"너와 나는 배국청이 길러낸 실수 인간이야. 우리는 둘 중의 하나만 살아남게 되어있단 말이다."

고석규의 목소리가 낮게 이어졌다.

"내가 갈 길도 이길 뿐이었다."

"그래서 청수회에 고용되었단 말이지?"

"미나 이야기를 듣고 싶지 않나?"

불쑥 고석규가 물었으므로 경철은 말을 잃었다. 경철의 마음을 읽은 듯이 고석규의 목소리에 웃음기가 섞여졌다.

"오늘 밤 12시에 선릉의 정문 앞에서 기다려라. 오늘은 서로 얼굴만 보고 헤어지기로 하지. 흉계를 쓰지 말자는 뜻이다."

방으로 들어선 손은이 힐끗 경철에게 시선만 주고는 방 안을 둘러보았다. 오늘은 베이지 색 투피스 정장 차림으로 미끈한 몸매가 드러났다.

"예상과는 다른데. 요란하게 꾸며 놓았을 줄 알았더니."

"앉으시죠."

경철이 자리를 권하자 손은은 소파에 앉더니 손목시계를 보았다. 오후 5시였다.

"시간이 없어요. 얼른 안내나 해줘요."

"곧 사람이 올 겁니다. 나도 그곳 위치를 몰라서요."

여직원이 음료수를 내려놓고 돌아간 후에 손은이 불쑥 물었다.

"나에 대해서 아세요?"

"모릅니다."

정색한 경철이 머리를 저었다.

"대회장님의 미국에 계신 따님이라는 것 밖에는."

"미술 공부를 하다가 집어치웠어요"

"그렇습니까?"

"그 대신 이곳에서 화랑을 운영하려고 해요. 지금 보러 갈 곳이 화랑으로 사용될 거에요"

"평수가 100평이 넘는다고 들었습니다. 요지니까 잘 될 겁니다."

"아버지가 왜 하필 당신한테 내 화랑을 구해 놓으라고 하신 것 같아요?"

경철의 시선을 잡은 손은이 추궁하듯 물었다.

"그리고 지난번에도 날 당신한테 소개시켰지요. 다른 때 같았으면 날 우황청심환이나 사오라면서 내 보냈을 텐데."

"그건 생각 안 해 봤습니다."

"나에 대해서 관심이 없다는 말이네요."

"당신의 눈에는 나에 대한 적의에다 경멸감으로 가득 차 있더군요."

그때서야 경철의 얼굴에 웃음기가 떠올랐다. 그가 부드럽게 말을 이었다.

"내 눈빛은 읽지 못했을 테니 지금 말씀해 드리지요. 난 오히려 당신이 쓰레기 같다고 생각하고 있었습니다."

"그럼 우린 서로 비겼네요."

"저도 대회장님의 의도를 몰라 조심스럽지만 이런 이야기는 없었던 것으로 하시지요."

다시 정색한 경철이 벽시계를 보았을 때 최동재가 서둘러 방으로 들어섰다.

"이 분을 그곳에 안내해 드려."

경철이 말하고는 자리에서 일어섰다.

"제가 바빠서 직접 안내해 드리지 못하겠습니다. 미안합니다."
"천만에요. 차 잘 마셨습니다."
손은이 그렇게 말하며 일어섰는데 주스 잔에는 손도 대지 않았었다.

밤 11시 40분이 되었을 때 경철은 차에서 내렸다. 선릉 앞의 샛길에는 차들이 드문드문 주차해 있었지만 통행인은 거의 끊겼고 가끔씩 차만 지나갈 뿐이었다.
"넌 여기서 기다려."
따라 내린 백대우에게 말한 경철은 선릉의 정문을 향해 발을 떼었다. 밤 공기는 차가웠고 바람이 코트 자락을 날렸다. 경철이 선릉의 굳게 닫힌 문 앞에 섰을 때였다. 주머니에 넣은 핸드폰이 진동을 했다. 전화기를 귀에 붙였을 때 곧 고석규의 목소리가 울렸다.
"담장을 넘어와. 안쪽 능 앞에서 널 기다리마."
전화기를 집어넣은 경철은 곧 몸을 날려 담장을 넘었다. 어둠에 덮인 선릉의 숲길을 지나 능 앞으로 다가갔을 때였다. 옆쪽에서 인기척이 나더니 어른거리는 물체가 보였다.
"제법 권위가 있어 보이더군."
다가온 사내의 얼굴은 분명히 고석규였다. 짙은 색 양복 차림의 고석규가 이를 드러내고 웃었다.
"네가 부하들을 다루는 모습이 말이다."
"넌 어렸을 때부터 비열한 놈이었지."

정색한 경철이 고석규에게 말했다.

"지금도 마찬가지구나. 남이 힘들여 쌓아 놓은 것을 가로 채려는 습성은."

7년이 지난 고석규는 늠름했고 표정에도 여유가 있었다. 그가 눈을 가늘게 뜨며 웃었다.

"나는 예전의 고석규가 아니다."

"알아, 더 교활해졌다는거, 그리고 눈에는 살기로 가득 찼고."

"너는 야차가 되었더구만. 야차가 청모골 출신의 나무꾼 김경철이란 것을 최근에야 알았지."

"넌 청수회에 고용된 것이냐? 아니면 세용 회원이냐?"

그러자 고석규가 짧게 웃었다.

"난 너만큼 운이 좋지 못했어. 이제야 운이 트이고 있지만."

"옛날을 생각해서 내 눈앞에 나타나지 않겠다고 약속하면 지금까지 일은 없었던 것으로 해 주겠다."

"이미 늦었다. 그럴 생각도 없고."

능의 옆에 붙어선 고석규가 정색했다.

"그리고 넌 이미 궁지에 몰려있어. 넌 벗어날 길이 없다."

"그걸 말해주려고 온 거냐?"

"신도시에서 철수하고 사업장을 세용회에 넘겨. 사무실까지. 나는 이 통보를 해주려고 왔다."

"미친 놈."

"기간은 3일을 준다. 3일 후에는 강남의 네 사업장은 끝장날 것이고 간부들은 모두 박삼이나 정기식 꼴이 될테니까. 널 아무도 도와

주지 않는다는 건 알고 있겠지? 그만하면 후한 조건이야."

"그 땐 널 죽인다."

"글쎄, 예전의 고석규가 아니라니까."

하고는 고석규가 훌쩍 옆으로 뛰었는데 이미 능의 위에 올라가 섰다.

"3일이다. 다시 연락하지. 그리고…."

고석규가 생각난 듯 말했다.

"미나는 천호동의 한양클럽에 가면 만날 수 있을게다."

그리고는 고석규가 다시 몸을 날리더니 어둠 속으로 사라졌다. 전과는 비교가 안 될 만큼 빠른 동작이었다.

"고석규란 이름은 없습니다."

소파에 앉으면서 홍동신이 말했다 오전 10시 반이었다. 홍동신은 아는 인맥은 물론이고 부하들은 총동원하여 고석규를 찾은 것이다. 그가 경철을 바라보았다.

"회장님이 말씀하신 인상에다 나이, 상황 등이 비슷한 사내가 청수회에서 서너 명이 있었습니다만…."

주머니에서 쪽지를 꺼낸 그가 읽었다.

"첫번째는 25세인 김동재라는 놈으로 청수회의 3번 째 파벌인 북악회 행동대장입니다. 그놈은 합기도 5단에다 검도까지 한다고 합니다. 19살 때부터 북악회에 가입했더군요."

"그럼 6년 전인데 아닌 것 같아."

"다음은 최방이란 놈인데 1년 전부터 청수회장 강홍만의 경호원을 지내고 있습니다. 해결사 역할이 잔인하다고 소문이 난 놈이지만 29살에 결혼을 했습니다."

경철이 머리를 기울이자 홍동신의 읽는 속도가 빨라졌다.

"다른 한 놈은 세용회 소속의 박규식이란 놈이고 27살로 공수부대 출신입니다. 그리고 마지막 놈은 28살인 정석호란 놈으로 전과 3범이지요 호승회 소속입니다."

읽기를 마친 홍동신이 핏발선 눈으로 경철에게 말했다.

"이놈들의 사진을 구해오라고 시켰으니까 오후에는 얼굴을 보실 수 있을 겁니다."

"수고했어."

"당연한 일입니다."

홍동신과 변준기 등 고위급 간부에게만 고석규를 만난 이야기를 해주었던 것이다. 프로덕션의 회장실 안이다. 어제부터 프로덕션의 사장을 맡게된 홍동신은 아래층 사장실에서 오늘만 세 번째 올라왔다. 그가 조심스런 시선으로 경철을 보았다.

"회장님, 어떻게 하실 겁니까?"

고석규의 통보에 어떻게 대처 할 것이냐고 묻는 것이다. 경철은 홍동신의 시선에서 불안감을 읽었다. 그것은 자신의 능력에 대한 불안감이었다

"그쪽도 한 놈을 내보냈으니 우리도 그래야겠지. 전쟁은 일어나지 않아."

경철이 잔잔하게 웃었다.

"박삼과 정기식의 대가는 그 몇 배로 치르게 해 줄 테니까."

저녁 7시가 되었을 때 한양 클럽 앞에 검정색 승용차 한 대가 멈추더니 육중한 체구의 사내가 내렸다. 어깨가 넓고 목이 짧은 데가 가슴과 허리통이 비슷해서 씨름 선수 같은 체격이었다.

"저놈이 클럽의 지배인 황동수입니다. 호승회에서 서열이 10위 권에 드는 놈이지요."

클럽 우측 앞으로 보이는 길가의 편의점 앞이었다. 유리창 안의 물건을 기웃거리는 백대우에게 박세환이 말을 잇는다.

"그럼 제가 먼저 들어가서 김미나라는 여자를 찾아보겠습니다. 여자들 출근시간이 아직 안됐지만 가서 기다리지요."

"경수하고 동호를 데려가라. 눈치채지 못하도록."

"염려하지 마십시오. 촌놈 행세를 할 테니까요."

박세환은 신바람이 난 표정이었다.

"이봐, 김미란 여자한테도 눈치채게 하면 안돼. 오늘 목적은 그 여자가 사는 집을 알아내는 거야."

"알겠습니다, 형님"

그 때 백대우의 주머니에 든 핸드폰이 진동을 했다. 전화기를 꺼내 든 백대우의 귀에 경철의 목소리가 울렸다.

"클럽은 찾은 거냐?"

"지금 클럽 앞에 있습니다, 회장님."

"위치를 말해라. 내가 그쪽으로 가겠다."

놀란 백대우가 눈을 크게 떴을 때 경철의 목소리가 다시 울렸다.

"말해, 어서."

경철은 백대우에게 천호동 한양 클럽의 김미란 여자를 확인하고 집까지 알아내라고 했던 것이다. 백대우는 경철이 갑자기 마음을 바꾼 이유를 알 수 없었지만 대답을 안 할 수도 없다.

택시의 뒷좌석에 앉은 경철은 손에 쥔 사진을 다시 바라보았다. 양복차림의 고석규가 음식점 앞에 서 있는 사진이었다. 시기가 여름이었는지 반팔 티셔츠 차림이었는데 7년 전의 모습과는 분위기가 달랐다. 어깨와 팔의 근육이 붙었고 눈빛은 자신감에 넘쳐 있었다. 고석규는 강홍만의 경호원 최방이었던 것이다. 그 동안 결혼을 한 모양이었지만 29살로 알려진 것은 나이를 속였을 가능성이 많았다. 그러나 고석규가 강북 8개 파벌의 연합체인 청수회 소속인 것이 확인되었다. 게다가 대회장 강홍만의 경호원인 것이다. 따라서 이번 사건은 강홍만이 직접 자신을 겨냥하고 있다고 봐도 되었다.

경철이 백대우와 박세환을 데리고 한양 클럽 안으로 들어 선 것은 8시가 조금 넘었을 때였다.

"어서옵쇼."

웨이터들이 반색을 하며 그들은 맞는 것을 보면 눈치챈 것 같지는 않았다. 곧장 방으로 안내된 그들에게 마담이 따라 들어섰다. 짙게 회장을 한 얼굴을 한껏 펴고 마담이 물었다.

"서 마담입니다. 술은 뭘로 하실까요?"

"양주 제일 좋은 걸로."

경철이 대뜸 말했으므로 백대우와 박세환은 숨을 죽였다.

"안주도 알아서 가져오고."

그야말로 바가지 씌우기 좋은 촌놈 수작이다. 마담의 얼굴이 더

퍼졌다.

"아가씨들도 최고로 데려오겠습니다."

"김미나라고 있지?"

불쑥 경철이 묻자 마담이 눈을 깜빡였다. 그리고는 머리를 조금 기울였다.

"있지만 지명 손님을 받아 방에 들어가 있는데요."

"데려와, 따블 뛰어도 좋으니까."

"알겠습니다."

마담이 나가고 나서 곧 술과 안주가 가득 들어왔는데 안주 접시는 5개나 되었고 술은 웨이터 생활을 2년 동안이나 했던 박세환도 처음 보는 것이었다. 여자 둘이 따라 들어와 백대우와 박세환의 옆에 앉았지만 긴장한 그들은 시선도 주지 않았다. 여자들이 술병 마개를 따고 각자의 잔에 술을 채웠다. 그러나 방 안에서는 정적이 더 무겁게 쌓여졌고 술잔을 드는 사람도 없다. 여자들이 몇 번 말을 붙였다가 백대우와 박세환의 분위기에 오그라들었다 문에서 노크 소리가 들린 것은 10분 쯤 후였다. 그 때 경철을 제외한 네 남녀가 거의 동시에 숨을 내려 쉬었다. 여자들은 상석에 앉은 경철이 파트너 때문에 기분이 상해 있다고 생각했을 것이다. 방으로 들어선 여자는 진주색 실크 원피스 차림 때문인지 화사했다. 경철은 여자의 얼굴을 쏘아보았다. 미나였다. 7년의 세월이 지났어도 윤곽이 또렷한 미나의 얼굴은 변하지 않았다. 미나도 경철을 알아본 모양인지 눈을 치켜뜨고는 한동안 가만히 서 있었다. 인사를 하는 것이 당연한 일이었지만 입도 열지 않고 서 있는 것이다.

"여기 앉아."

경철이 눈으로 옆자리를 가리키며 말했을 때 미나는 시선을 내리더니 거침없이 다가와 앉았다. 그 때 백대우가 조심스럽게 경철을 향해 말했다.

"저희들은 나가 있겠습니다."

경철이 끄덕이자 백대우는 여자들까지 데리고 방을 나갔다. 미나를 향해 몸을 돌린 경철이 입을 열었다.

"고석규하고는 언제 만난 거냐?"

"1년 쯤 전에."

"어디서?"

"청량리에서."

선선히 대답한 미나가 경철의 술잔을 집더니 한 모금에 삼켰다. 그리고는 처음으로 입 끝을 올리면서 웃었다.

"비싼 술 마시네. 돈 많이 벌었어?"

"내가 어떻게 이곳에 찾아왔는지 알고 싶지 않아?"

"소문 들었나 보지? 내가 잘 나간다는."

"고석규도 자주 오겠구나."

그러자 미나가 짧게 웃음을 터뜨렸다.

"오고 갈 것도 없어. 그 자식하고 같이 살고 있거든."

"……"

"청량리에서 잡힌 다음에 그렇게 되었지. 오빠는 지금 뭘 해?"

"같이 산다면서 왜 이런 델 나오는 거냐?"

대답대신 그렇게 묻자 미나가 잔에 술을 채우더니 다시 한 모금에 삼켰다.

"감시하기가 편리하니까. 이 가게도 고석규가 관리하는 곳이야. 지배인은 직속부하고."

미나가 술기운으로 달아오른 눈을 들어 경철을 바라보았다. 눈이 번들거리고 있었다.

"그 놈은 내 2차 값까지 모두 뜯어가. 옛날 빚을 갚아야 한다는 거지."

"……."

"앞으로 3년은 더 갚아야 한 대."

그때 문에서 노크 소리가 들리더니 검정색 정장 차림의 육중한 사내가 들어섰다. 그는 미나에게 시선도 주지 않고 경철에게 다가와 핸드폰을 내밀었다.

"전화 받으시지요."

경철이 전화를 받아 쥐자 사내는 힐끗 시선을 주더니 몸을 돌려 방을 나갔다. 전화기를 귀에 붙인 경철이 미나를 바라보았다. 미나의 얼굴은 딱딱하게 굳어져 있었다.

"경철이냐?"

고석규의 목소리가 울렸을 때 경철은 숨을 들이켰다. 예상하고 있었던 것이다.

"그래, 나다."

"그 년이 신세 한탄을 하겠구나. 그렇지? 너한테 빼내달라고 말하는 참이었어?"

"더러운 놈."

"그렇군. 역시 짐작했던 대로 그 년을 동정하는군 그래."

그리고는 고석규가 소리내어 웃었다.

"그 년을 내가 어디서 찾아낸 줄 알아? 청량리의 갈보집이었다. 싸구려가 되어있는 년을 다듬고 단장시켜 1급 룸살롱으로 진출시켜 준 거야. 그리고는 내가 살림까지 차려주었다."

"……."

"어때? 극적인 상봉 아니냐? 청모골 고아 셋이 이렇게 만나게 된 것이 말이다."

"넌 어릴 적부터 비열한 놈이었어."

"넌 둔했지. 미나가 있다는 그곳으로 제발로 기어들어 갈만큼."

고석규의 목소리가 이제는 낮고 강해졌다.

"청모골의 경쟁은 오늘밤으로 종결된다. 넌 그 년을 껴안고 저 세상으로 가게 될 거다."

전화가 끊겼으므로 경철이 머리를 돌려 미나를 바라보았다. 내용을 짐작했는지 미나의 얼굴은 하얗게 굳어져 있었다.

"오빠, 무슨 일이야?"

7장
불기둥

 문이 벌컥 열리면서 백대우가 뛰어들어 왔으므로 경철은 일어섰다.
 "회장님, 박세환이 당했습니다!"
 문을 등지고 선 백대우의 얼굴은 일그러져 있었다. 그때 문이 부서지면서 백대우가 비틀거리며 앞으로 밀려났다. 방안으로 뛰어든 사내는 셋이었는데 모두 손에 길이가 20센티쯤 되는 회칼을 쥐었다.
 "비켜서라!"
 경철이 백대우에게 외치고는 술병을 쥐자마자 앞장 선 사내에게 던졌다. 3미터쯤 앞이어서 술이 가득 든 술병이 정통으로 사내의 얼굴에 맞아 부서졌다. 사내가 허물어지듯 쓰러졌을 때 옆으로 비켜섰던 백대우가 발을 날려 한 사내의 고환을 차 올렸다. 숨이 꺼질 듯한 신음소리를 뱉으며 사내가 몸을 새우처럼 굽힌 순간에 경철은 탁자 위로 뛰었다. 그리고는 마악 칼을 치켜든 사내의 얼굴을 주먹으로 쳤다.

"퍽!"

눈썹 사이에 주먹을 맞은 사내가 벽에 뒷머리를 부딪치며 주저앉았는데 눈알이 반쯤 튀어나와 있었다. 그러나 문 앞에는 이미 사내들이 가득 가로막은 상황이다.

"미나, 너 봤으니 됐다."

경철이 앞쪽을 노려본 채 말했다.

"네 인생은 네가 사는 거다."

"오빠, 날 데려가 줘!"

하고 미나가 소리쳤을 때 경철은 얼굴을 일그러뜨리며 웃었다.

"고석규는 그러기를 예상했겠지만 난 예전의 내가 아니야."

말이 끝난 순간 경철은 문 밖으로 돌진했다.

"대우야! 따라와!"

경철이 내지른 주먹과 발길질에 두 사내가 각각 얼굴과 갈비뼈가 부러지면서 넘어졌고 공간이 생겼다.

"덮쳐라!"

하고 앞쪽에서 고함소리가 울렸지만 좁은 공간에서 다수는 수적 우세를 충분히 발휘할 수 없는 법이다. 더구나 회칼을 마음대로 휘두를 수 없었으므로 경철의 주먹에 다시 두 사내가 나가 떨어졌고 우르르 홀 쪽으로 밀려났다. 그러나 난전 속에서 경철의 상의는 여러 가닥으로 찢겨졌고 흰 셔츠는 피투성이가 되었다. 경철이 이를 드러내며 소리 없이 웃었는데 마치 야차 같았다.

"다 없애고 떠나겠다."

펄쩍 뛰어오른 경철이 앞을 가로막은 사내의 턱을 발끝으로 차 올렸을 때였다. 뒤에서 섬뜩한 살기를 느낀 경철이 몸을 틀었을 때 칼날이 어깨를 찢고 지나갔다. 머리만 돌린 경철의 눈앞에 지배인의 부릅뜬 눈이 보였다.

"대우야!"

경철이 소리쳐 부른 것은 그 자리에 백대우가 있어야 했기 때문이다.

"회장님!"

더 뒤쪽에서 백대우의 목소리가 울렸는데 사내들에게 가려 보이지 않았다. 경철은 주먹으로 지배인의 얼굴을 쳤지만 빗나갔다. 자세가 불안정한 때문이기도 했지만 지배인의 몸이 빨랐기도 했다.

"이 새끼."

아예 죽이기로 작정한 듯 지배인이 회칼을 좌우로 크게 두 번이나 그었는데 경철은 몸을 비끼면서도 한 손으로는 뒤에서 찔러온 사내의 칼끝을 쳐내야만 했다. 지배인의 칼 솜씨는 뛰어났다. 네 번째로 찔러온 칼끝은 경철의 가슴을 정통으로 겨누어졌다. 뒤에서 내려친 칼날을 피하느라고 상체를 앞으로 내민 터라 지배인의 두 눈은 순간 환희로 번쩍였다. 그때였다. 경철의 상반신이 옆으로 확 꺾어졌다. 마치 로버트의 분리된 몸처럼 비틀린 것이다. 지배인의 칼날이 가슴을 스치고 지나면서 상체가 와락 닥쳐온 순간이었다. 경철의 주먹이 지배인의 두 눈 사이를 찍었다.

"퍽석."

하는 뼈가 부서지는 소리와 함께 지배인이 뒤로 반듯이 넘어졌다.

갑자기 홀 안의 불이 일제히 꺼졌다. 순식간에 암흑으로 덮인 것이다. 순간 여유를 가진 경철이 외쳤다.

"대우야!"

"회장님!"

부르고 답하는 소리가 난 다음에 홀 안은 소동이 일어났다. 서로 이름을 부르고 몇 명은 중구난방으로 소리쳐 지시를 내렸는데 누군가가 라이터를 켰다가 처절한 비명을 뱉으며 넘어졌다. 그리고는 연달아서 찢어지는 듯한 비명이 울렸으므로 마침내 사내들은 쏟아지듯 현관을 향해 달아났다.

"대우야!"

어둠 속에서 경철이 다가갔을 때 백대우는 몸을 일으키는 참이었다.

"저는 괜찮습니다."

홀 안에는 십 여 명의 사내가 어지럽게 쓰러져 있었고 이제 서 있는 사람은 그들 둘 뿐이었다. 모두 밖으로 도망쳐 나간 것이다. 경철이 백대우의 팔을 잡아 들쳐 올렸을 때였다.

"들어가라!"

현관 앞에서 누군가가 외쳤는데 목소리가 낯익었다.

"회장님을 찾아라!"

장만술의 목소리였으므로 백대우가 딸꾹질하듯 숨을 마셨다.

"연락을 받고 달려왔지만 조금 늦었습니다."

옆자리에 앉은 장만술이 가쁜 숨을 고르며 말했다. 달리는 차 안이었다. 경철이 찢어진 옷을 벗어 던지자 칼에 찔린 여러 곳의 상처가 드러났다. 상처에는 아직도 피가 흘러내렸고 상반신은 온통 피범벅이었다.

"홀의 전등을 때 맞춰 잘 끊어주었다."

경철이 상처를 누르며 말하자 장만술이 눈을 크게 떴다.

"저희들이 도착했을 때는 바깥의 네온사인까지 모두 불이 꺼져 있던데요."

차가 병원 앞에서 급정거를 했으므로 장만술은 더 이상 묻지 않고 저고리를 벗어 경철의 상반신을 덮었다. 뒤따라 멈춰선 차에서 부하들의 부축을 받은 백대우와 박세환이 내리고 있었다. 박세환은 중상이어서 부하들이 들쳐업고 뛰었다.

"무모한 짓을 하는 놈이군."

손대호가 혀를 차고는 녹차 잔을 들었다. 방 안에는 공재국과 여무상이 나란히 앉아 있었는데 오늘은 손은이 손대호의 뒤에서 어깨를 주무르고 있었다. 아침 9시였다.

"사지인줄 알면서도 기어 들어간 것 아닌가?"

"예, 한양클럽이 청수회 관할이라는 걸 모를 리가 없지요."

조심스럽게 대답한 여무상이 힐끗 손은을 바라보았다.

"하지만 김 회장이 찾아간 이유를 알아냈습니다. 김미나라는 여자가 그곳으로 오게 한 것이지요."

"허, 그 여자는 그 놈하고 무슨 관계인데?"

"김미나라는 여자는 최방과 동거하고 있는 여자입니다."

"그렇다면 김경철과 최방, 그리고 그 여자와 셋이 무슨 사연이 있는 것 같군."

"예, 대회장님."

그때 공재국이 헛기침을 하고 나섰다.

"어쨌든 여 부장이 장만술한테 연락을 하고 전원을 끄지 않았다면 김 회장은 살아서 나오지 못했을 겁니다 경솔한 행동을 했어요."

그때 손은이 어깨를 주무르던 손을 떼더니 찌푸린 얼굴로 손대호를 보았다.

"아버지, 저, 이만 가도 돼요?"

"몇 분이나 되었다고 벌써 짜증이냐? 불효자식 같으니라고."

"일부러 이런 이야기를 저한테 듣게 하시는 의도가 싫어서 그래요."

"의도라니? 내가 무슨."

"저도 아버지 딸이에요. 자꾸 김경철인가 하는 작자와 저를 연관시키려는 의도를 모를 것 같아요?"

"이런 젠장."

눈을 크게 뜬 손대호가 앞에 앉은 공재국과 여무상을 번갈아 보았다.

"내가 언제 그랬나? 자네들이 말해봐."

"그런 일은 없으신데요."

하면서 공재국이 정색했지만 여무상은 시선을 내렸다. 그러자 손대호가 여무상을 흘려보며 혀를 찼다.

"너는 왜 그 모양이냐? 나이값도 못하고 더 멍청해지는 것 같다."

"죄송합니다. 대회장님 저는 거짓말은 잘 못합니다."

그리고는 여무상이 납작 엎드렸으므로 손대호가 어깨를 늘어뜨렸다.

"됐네, 이 사람아."

"김경철은 사건을 혼자서 해결하려고 한 것 같아요. 앞으로도 그럴 것이고."

불쑥 손은이 말했으므로 놀란 여무상이 머리를 들었고 손대호와 공재국이 서로의 얼굴을 모았다. 손은이 손대호의 옆에 앉더니 얼굴에 웃음을 띠었다.

"그 여자하고 삼각관계건 뭐건 간에 범인이 최방으로 밝혀졌으니까요. 곧 둘이서 사생결단을 내겠죠. 그러면 사건은 끝나는 거구요."

"과연."

정색한 공재국이 커다랗게 머리를 끄덕였다.

"청수회와 오목회간의 싸움으로 번지게 하지는 않겠다는 말인데 내 생각도 그렇습니다."

"그 작자는 사람 심중을 제법 읽을 줄 알더군요. 내가 경멸하고 있다는 걸 알고 있었어요. 아무튼 재미는 있어요."

손은의 말에 손대호와 공재국은 다시 서로를 보았고 여무상은 눈만 껌벅였다.

그 시간에 경철은 동남프로덕션의 회장실에서 간부들과 회의 중이었다. 상반신의 상처에는 수십 바늘을 꿰맨 다음 붕대를 잔뜩 동여맸지만 말쑥하게 양복으로 가려져서 겉으로는 멀쩡했다.

"이번 일은 고석규와 나하고의 싸움이야. 둘 중의 하나가 없어지면 끝난다."

경철이 자르듯 말했을 때 홍동신이 머리를 들었다.

"대회장님께서도 상관하지 않으신다고 하셨지만 청수회의 입장은 다른 것 같습니다. 고석규는 청수회장 강홍만의 지시를 받고 행동한 것 아닙니까? 회장님 말씀대로라면 회장님은 청수회란 거대조직을 혼자서 상대하신다는 것과 같습니다."

그러자 대부분의 간부들이 머리를 끄덕였다. 그들은 이제 고석규와 경철과의 관계를 안다. 경철이 정색하고 말했다.

"이제 경성회는 주식회사 체제가 되어서 회장인 나는 주식 지분을 조금 더 갖고 있는 주주일 뿐이야. 그것은 내가 없어져도 경성회는 무리 없이 운영될 수 있다는 뜻이지."

"회사 조직이라도 조직에 대한 충성심과 단결이 필요한 법입니다."

이번에는 나기승이 작심한 듯 말했다.

"우리는 회장님이 혼자 나서시게 할 수는 없습니다. 설령 어떤 손해를 보더라도 말입니다."

그러자 모두가 머리를 끄덕이거나 큰 소리로 동의했다. 그들을 대표하듯 변준기가 나섰다.

"이미 놈들은 10여 명이 중경상을 입었다고 하더군요. 지난번에 신도시에서 세용회가 당한 것에 이어서 연거푸 체면을 구긴 셈이 되었지 않습니까? 가만있지 않을 것입니다. 놈들은 다시 공격해 옵니다."

"이번에는 내가 먼저 할 것이다."

경철이 낮게 말하자 회의실 안은 갑자기 조용해졌다.

"앉아서 기다릴 수는 없어."

고석규의 전화가 왔을 때는 오전 10시 반경이었다. 회의를 마치고 방에 돌아와 있던 경철은 고석규의 목소리가 울리자 웃었다.

"기다리고 있었다. 나도 너한테 통보해 줄 일이 있거든."

고석규가 입을 뗄 여유도 주지 않고 경철이 말을 이었다.

"나는 오늘밤에 청수회장 강홍만을 치러 갈거야. 네놈이 지키는 개새끼가 되어 있다니 어디 막아보거라."

"이 새끼가."

놀란 듯 고석규의 목소리는 조금 메말랐고 떠 있었다. 그러나 곧 감정을 억누르며 말하는 듯 낮고 짧은 톤으로 이어졌다.

"오늘밤이 네 제삿날이 되겠군. 그래."

"어제는 미나와의 인연을 끊으러 갔던 거야. 물론 네가 함정을 파고 있을 줄도 알고 있었지"

그리고는 경철이 짧게 웃었다.

"그러고 보면 7년의 세월이 길었구나. 너와 나의 간격이 이렇게 벌어져 있는걸 보면 말이다."

"무슨 소리야? 이 새끼가?"

"너는 청모골에서 나오지 말았어야 했어. 그곳에서 사부님의 수제자로 만족하고 사는 것이 나았을 거라는 뜻이다."

"배국청은 죽었어."

고석규가 뱉듯이 말했으므로 경철이 숨을 죽였다 그러자 경철의 반응을 느낀 듯이 고석규의 목소리에 조금 여유가 실려졌다.

"자살했다. 집에 불을 지르고 말이다."

"……."

"불길이 숲으로 번져 근처 산이 모두 탔지. 이제는 청모골이란 이름으로 불릴 수도 없다."

"그러면 청모골에서 도망쳐 나온 짐승 셋도 정리가 되어야겠지. 오늘밤에."

그러면서 거칠게 전화기를 내려놓은 경철이 앞쪽의 벽을 노려보았다. 배국청은 한을 품고 죽었을 것이다. 혹시 죽기 전에 청모골을 먼저 불태웠을지도 모른다. 불길 속에 서 있는 배국청의 모습을 떠올리던 경철은 어젯밤에 본 미나가 배국청이 옆에 서 있는 것처럼 느껴졌다. 미나도 죽은 것이나 마찬가지였고 어젯밤 이후로 가슴속에서 물로 씻은 듯이 지워졌다.

"경성회의 김경철이라고 하는데요."

다가선 비서가 조심스럽게 말하자 강홍만이 퍼뜩 눈을 치켜 떴다. 짙은 눈썹 밑의 큰 눈에는 언제나 핏발이 서 있어서 그의 시선을 받은 부하들은 대부분 몸이 굳어졌다. 강홍만이 두터운 입술을 부풀리며 웃었다.

"무슨 일이라고 하더냐?"

"말씀드릴 것이 있다고 합니다."

"재미있는 놈이군."

강홍만이 손을 내밀자 비서는 전화기를 건네주었다. 오후 2시여서 점심을 마친 강홍만이 사무실로 돌아 온지 얼마 되지 않았다.

"나, 강홍만이다."

전화기를 귀에 붙인 강홍만이 대뜸 말하자 저쪽에서 정중하게 인사했다.

"경성회의 김경철입니다. 안녕하십니까?"

"우리는 초면일텐데. 웬일이냐?"

"드릴 말씀이 있어서 전화했습니다."

"그렇다면 찾아와서 말하는 것이 윗사람한테 대하는 도리 아니냐? 건방지다고 생각하지 않아?"

"그래서 오늘밤에 찾아뵈려고 합니다만, 12시쯤이 어떻겠습니까?"

"밤 12시에?"

눈을 다시 치켜 떴던 강홍만이 어이가 없다는 듯 웃었다.

"이거, 미친놈 아닌가? 12시에 만나자구?"

"장소는 말씀 안하셔도 됩니다. 제가 찾아가 뵐 테니까요."

"장소를 말하지 않아도 된다고?"

강홍만의 얼굴에서 웃음기가 사라졌다.

"이 새끼, 무슨 소리야?"

"댁에 계셔도 좋고, 잘 가시는 룸살롱에 계셔도 좋습니다. 제가 알아서 찾아뵙지요."

"이놈이 무슨 소리를 하는거야?"

"경호원 최방한테는 오전에 이야기 해 놓았습니다. 그 놈이 보고하지 않은 것 같군요. 제가 청수회장 목을 따러 간다고 분명히 말했는데요."

 눈을 부릅뜨고 이를 악 물었던 강홍만의 얼굴이 하얗게 굳어졌다. 50평생에 이런 협박을 받아 본 적이 없다. 오목회장 손대호도 예전에는 눈에 보이는 것 없이 굴었어도 그에게는 깍듯했던 것이다.

 "너 이 새끼, 감히 누구한테."
 "오늘밤에 결말이 납니다. 그러니 단단히 대비를 해 두십시오."
 그리고는 전화가 끊겼으나 강홍만은 계속 전화기를 쥐고 부들부들 떨었다. 그가 인터폰을 눌러 비서를 부른 것은 그로부터 5분쯤 후였다.

 "당장 조해철을 불러라. 그리고 박세용이와 최방도."
 그의 목소리는 착 가라앉아 있었지만 두 눈은 번들거렸으므로 비서는 어깨를 움츠렸다. 조해철은 청수회의 감찰실장으로 행동대를 지휘하는 강홍만의 심복이었고 박세용은 신도시에서 경철과 부딪친 세용회의 회장이다. 비서가 쫓기듯 방을 나가자 강홍만이 쓴웃음을 지었다.

 "손대호가 드디어 치매에 걸린 모양이군 그래. 강아지 새끼 한 마리를 멋대로 풀어놓은 걸 보면."

 "강홍만은 대회장님보다 서너 살 연하지만 이 세계에는 먼저 발을 담갔어요. 조직세계의 원조라고 볼 수 있습니다."
 홍동신이 말을 이었다.
 "주먹구구식 운영을 하지만 조직관리가 철저합니다. 절대로 한 사람한테 힘을 몰아주지 않고 2인자를 키우지 않아요. 어떻게 해서든 서로 견제하게 만듭니다. 그래서 눈밖에 벗어나지 않으려면 강홍만에 대해서 충성심 경쟁을 하게 되지요."

강남대로를 천천히 달려가는 차 안이었다. 경철이 머리를 끄덕이며 웃었다.

"대회장님과는 정반대의 성격이군."

"그렇지요. 하지만 이쪽은 각 파벌이 기업형으로 전개되어 거의 양성화 된 반면에 청수회는 아직도 대부분의 사업이 음지에 있습니다. 따라서 병사 수나 행동력이 우리보다 월등합니다. 우리에게는 몇 년 전에 없어진 행동대가 감찰실이라는 부서로 엄연히 회장 직속으로 아직 존재하고 있지요."

"우리도 집행부가 있지 않소?"

"그건 일이 있을 때나 모이고 우리 같은 사람도 실체를 본 적이 없습니다. 실체가 없는 유령조직인지도 모르지요."

"잘 알았어."

머리를 끄덕인 경철이 운전사에게 말했다.

"됐다. 차를 돌려 홍 사장을 모셔다 드려라. 그리고 나는 여기서 내리겠다."

신사동 사거리 근처였으므로 홍동신이 경철을 보았다.

"아니, 회장님. 어디 가시려구요?"

"내가 다시 연락하지."

경철이 웃음 띤 얼굴로 홍동신을 보았다.

"만나야할 사람이 있어."

압구정동의 조그만 커피숍 안에서는 최동재가 한 사내와 함께 앉아 있었는데 경철이 들어서자 튕기듯이 일어섰다.

"부장님, 이 친구가 북악회의 우덕기라는 사람입니다."

최동재가 사내를 소개했다.

"내가 김경철이요."

경철이 부드러운 표정으로 사내에게 손을 내밀었다. 박삼의 심복으로 프로덕션의 관리부장을 맡고있는 최동재는 북악회 소속의 고향 후배를 데려온 것이다. 따라서 우덕기는 박삼의 후배도 될 것이다. 마주보고 앉았을 때 우덕기가 긴장한 얼굴로 경철을 보았다. 그는 청수회의 3번째 파벌인 북악회의 말단 회원이다.

"근디 저는 대회장님 집안으로 들어가 본 적은 없습니다요. 심부름으로 현관 앞에까지만 갔는디요."

"그래도 좋아, 구조하고 위치만 알면 돼."

경철이 말하자 우덕기가 주머니에서 꺼내더니 펴서 경철에게 내밀었다. 최동재한테서 미리 들었기 때문이다.

"여그 그려 왔는디요. 집은 찾기가 쉽습니다요."

종이에는 저택의 구조가 그려져 있었는데 서툰 솜씨였지만 정성을 기울인 흔적이 보였다. 경철이 만족한 듯 머리를 끄덕였다.

"고맙군. 수고했어."

"제가 프로덕션에 이 친구 자리를 만들어 놓았습니다. 다음 주부터 일할 수 있답니다."

최동재가 말하자 경철이 종이를 주머니에 넣고는 일어섰다. 오후 5시가 되어가고 있었다.

"바쁘신 모양이네요."

문을 열어주면서 손은이 비꼬듯 말했지만 표정이 차갑지는 않았다. 마당을 한 걸음에 지난 경철이 방문 앞에 섰을 때 미닫이 문이 드르륵 열렸다. 문을 연 사람은 공재국이었고 그의 어깨 너머로 손대호가 바둑판을 앞에 두고 앉아 있는 것이 보였다.

"대회장님께 드릴 말씀이 있어서 왔습니다."

마루 앞에 선 경철이 말했으나 손대호는 바둑판만 내려다 보았다.

"거기 앉으시오."

공재국이 눈으로 마루를 가리켰으나 경철은 선 채 말했다.

"제가 오늘밤에 청수회장 강홍만을 치러 갑니다. 강 회장한테도 그렇게 통보를 했습니다."

그러자 공재국이 입맛을 다셨다.

"경성회에서 지금 난리가 났소. 홍동신이하고 변준기가 김 회장을 찾느라고 법석이오. 나한테까지 연락을 해온다니까."

"제가 미숙해서 심려를 끼쳐 드렸습니다. 대회장님께 용서를 빌려고 왔습니다."

"꼭 그래야만 하겠소?"

다시 공재국이 물었을 때 손대호가 머리를 들었다. 무표정한 얼굴이었다.

"그, 최방이란 놈과 김미나란가 하는 년, 그리고 너 셋의 인연을 말해보아라."

경철이 눈만 껌벅이자 손대호가 이맛살을 찌푸렸다.

"우선 그 수수께끼부터 풀고 나서 강 아무갠가 하는 놈 이야기를 하는 것이 순서다. 자, 거기 앉아서 이야기해 봐."

손대호가 허리를 세웠으므로 경철은 심호흡을 했다. 그래서 어머니를 따라 배국청의 무리에 합류했을 때부터 경철의 이야기는 시작되었다. 이윽고 경철의 이야기가 끝났을 때 손대호가 말했다.

"기이하고 질긴 인연이군. 그래, 그 여자아이는 고 아무갠가 하는 놈의 정부가 되어 있단 말이지?"

"예, 대회장님."

"마치 잡초 같구나. 사람의 생명력이란."

서너 번 혀를 찼던 손대호가 생각났다는 듯이 말했다.

"네가 몇 시에 강홍만이를 찾아간다고 했던가?"

"밤 12시입니다. 대회장님."

"강홍만이한테 직접 통보를 했다구?"

"예, 목을 따러 가겠다고 했습니다."

그러자 손대호가 소리내어 웃었지만 공재국은 이맛살을 찌푸렸다. 이윽고 웃음을 그친 손대호가 말했다.

"강홍만이가 길길이 뛰었겠다. 밤의 대통령이라고 자칭하던 놈이었으니 그놈 얼굴이 눈에 선하다."

"웃으실 일이 아니올시다."

정색한 공재국이 말했지만 손대호는 머리를 저었다.

"어디, 야차의 위력을 보자. 오늘밤 안에 밤 귀신이 없어지던가 새롭게 밤의 지배자가 태어나던가 둘 중의 하나가 되겠군."

"회사정리는 마쳤습니다."

마루에서 일어선 경철이 허리를 꺾어 절을 했다.

"청모골은 이미 없어졌으니 그곳에서 뛰쳐나온 세 짐승도 오늘밤 안으로 정리가 될 것입니다."

경철이 대문을 나섰을 때 손은이 따라 나왔다.
"몸조심하세요."
불쑥 말한 손은이 경철의 시선을 받고는 희미하게 웃었다. 저녁 8시가 지나서인지 가로등도 없는 골목 안은 짙게 어둠이 덮여 있었다.
"선입견을 갖고 대한 것은 사과할께요. 아버지에 대한 반발심이 조금 작용했던 것 같아요."
"댁이 잘 본거요."
경철이 낮게 말하고는 쓴웃음을 지었다.
"대회장께서는 나하고 당신이 친하게 되기를 바라셨던 것 같습니다. 그렇지만 나도 당신 이상으로 당신에 대한 거부감이 있었습니다."
"그랬던가요?"
정색한 손은이 묻자 경철이 머리를 끄덕였다.
"고생없이 자라 투정만 일삼는 당신보다 시궁창에 박혀서 끈질기게 살아가는 미나가 차라리 인간답다고 생각했습니다."
그리고는 경철이 머리를 숙여 보이더니 몸을 돌렸다. 뒤에서는 아무소리도 들려오지 않았다.

소파에 비스듬히 몸을 기댄 강홍만이 앞에 서 있는 조해철과 고석규를 번갈아 보았다. 술기운이 번진 눈 주위가 붉게 달아올라 있었다.

"만일 나타난다면 그냥 죽여라. 그것으로 끝내도록 하자."

뱉듯이 말한 그가 구석자리에 엉덩이 끝만 겨우 붙이고 앉은 세용회장 박세용에게로 시선을 돌렸다.

"그러면 너는 내일 아침에 신도시의 경성회 사업장을 접수 한다. 손대호도 군말하지 않을 것이다."

"예, 대회장님."

박세용이 머리를 숙였다. 그는 강홍만의 질책에 잔뜩 주눅이 들어 있었으므로 얼른 자리를 벗어나고 싶은 눈치였다. 싸움은 신도시에서 세용회의 습격으로 시작되었지만 청수회의 체면만 깎였다. 한양클럽으로 경철을 유인해서 끝내려고 했던 고석규도 마찬가지 입장이어서 어금니를 물고 서 있었다.

"난 TV나 보고 있을 테니까 나가봐."

강홍만이 내쏘듯 말하자 세 사내는 기다렸다는 듯이 서둘러 방을 나왔다. 저택은 2층 양옥으로 건평만 200평이 넘는다. 응접실에 모여 앉아있던 10여 명의 부하들이 그들을 보더니 일제히 일어섰다.

"너무 복작거린다. 서너 명만 남고 나머지는 밖으로 나가."

이맛살을 찌푸린 조해철의 말에 사내들이 우르르 밖으로 몰려 나갔다. 11시 반이었다. 300평 가깝게 되는 넓은 정원에는 감찰실 소속의 정예요원 30여 명이 대기하고 있는 데다가 집밖에는 박세용이 데려온 세용회원 30여 명이 진을 쳤다. 강홍만은 체면상 저택 경계를 지시하지 않았지만 조해철이 서두른 것이다. 30대 후반의 조해철은 그야말로 백전노장이었다. 폭력전과가 10여 건에다가 살인혐의도 3건이나 있었지만 증거 불충분으로 형을 산 기간은 채 1년도 되지 않는다. 빈 소파에 앉았을 때 조해철이 치켜뜬 눈으로 고석규를 보았다.

"뭐? 청모술이라고 했어?"

"예, 실장님."

고석규가 공손히 대답했다. 조해철은 직속 상관인 것이다. 입술만 비틀고 웃은 조해철이 비꼬듯이 말했다.

"별게 다 신경을 건드리네, 증말. 그럼 그 청모술인지 백모술인지 하는 건 합기도하고 비슷한 거냐? 아니면 택견이야?"

"예, 택견하고 태극권을 섞어만든 것입니다."

"넌 인마 택견을 했다고 했지 않어?"

"그땐 이해하시기 힘드실 것 같아서 그렇게 말씀드린 겁니다."

조해철이 긴 얼굴을 쳐들더니 고석규를 쏘아보았다.

"그 새끼하고 너하고 붙으면 어떻게 돼? 같이 배웠다면서?"

"제가 수제자였습니다."

"병신 같은 것들이 서열도 있구만 그래."

평시에도 독한 말을 거침없이 뱉는 조해철이었지만 고석규한테는 한 수 접어주었으나 오늘 그는 열이 꼭지까지 뻗혀 있었다. 그것은 고석규가 허락도 받지않고 어젯밤 한양클럽 사건을 지휘했기 때문이다. 그것이 잘 끝났다면 그냥 넘어 갈 수도 있었지만 개를 어설프게 때린 꼴이 되어서 대회장한테까지 똥물이 튀게 만들었기 때문이다.

"씨발자식, 볼 것도 없이 대갈통을 박살을 내 버려야지"

그러면서 조해철이 저고리를 젖혔을 때 겨드랑이에 매달린 권총집이 드러났다. 그는 권총을 꺼내 들더니 익숙한 솜씨로 탄창을 꺼냈다. 탄창 안에는 금빛 탄피에 덮인 탄알이 가득 채워져 있었다.
"미군용 베레타야. 탄알이 15발 들었어."
다시 탄창을 끼워 넣은 조해철이 장진했다.
"구차하게 청무술인지 지랄인지 따질거 없다구. 이 총이면 삼국지에 나오는 장비도 잡는다."

강홍만의 저택은 이태원의 외국인 주택가 한복판에 위치하고 있었는데 남산의 경사진 부분에 지어져서 주택들이 계단식으로 정리되었다. 그래서 위쪽 집에서 보면 강홍만의 저택은 5, 6미터 아래였고 저택 뒤쪽과는 20미터 정도였다.
"불길이 번지고 나서야 나올 것이다."
경철이 낮게 말하고는 시계를 보았다. 손목시계의 야광침이 11시 50분을 가리키고 있었다.
"회장님, 혼자서 괜찮으시겠습니까?"
옆에 쪼그리고 앉은 최동재가 물었으므로 경철은 쓴웃음을 지었다.
"강홍만은 황당하겠지. 그렇지만 내가 해낸다면 내일부터는 밤의 역사가 바뀐다."
그들은 강홍만의 저택 뒤쪽의 외국인 저택 2층 베란다에 쪼그리고 앉아 있었는데 외국인 부부는 안방에 곱게 묶어 놓았다. 다시 시계를 내려다 본 경철이 최동재의 어깨를 툭 쳤다. 11시 55분이었다.
"자, 시작하자. 야차가 활동할 시간이다."

최동재가 발밑에 가지런히 놓여진 10여 개의 화염병 위로 몸을 굽히더니 라이터를 켰다. 라이터 불에 화염병 하나의 심지에 불이 붙여졌고 그것은 곧 옆에 놓인 병으로 금방 옮겨졌다. 경철이 먼저 화염병 하나를 들었다. 그리고는 강홍만 처택의 2층 창문을 향해 던졌다. 유리창이 깨지면서 화염병은 안에서 터졌고 곧 최동재가 던진 화염병은 아래층 주방의 창문을 뚫고 들어가 터졌다.

"넌 곧장 도망처라. 이것으로 네 일은 끝난 거다."

2층의 다른 창문으로 화염병을 던지면서 경철이 말했을 때 이미 저택에서는 소동이 일어났다. 미리 요소를 점찍어 두고 던진 터라 화염병은 한 두개만 빼놓고 거의 전부가 정확하게 저택 안에서 터진 것이다. 10여 개의 화염병은 금방 동이 났다. 경철이 최동재의 어깨를 치자, 그들은 단숨에 베란다를 뛰어 내려와 저택의 정문을 나왔다.

"자, 너는 가라."

경철이 외치고는 옆쪽의 골목으로 달려갔으므로 최동재는 반대쪽 길로 뛰었다.

"번지지 않게 문을 모두 닫아!"

박세용이 악을 쓰며 외쳤지만 이미 집안은 불길이 맹렬하게 일어나는 중이었다. 가구와 양탄자가 타면서 연기가 구름처럼 피워 올랐으므로 당황한 부하들은 이리저리 몰려 다녔다.

"박 회장, 어떻게 되었어?

눈을 부릅뜬 조해철이 소리쳤다. 뒤쪽 집으로 세용회의 부하들을 보낸 것이다. 화염병이 서너 개째 날아 왔을 때부터 그것을 알았지만 뒷집으로 가려면 빙 돌아가야 했다. 그때 방에 있던 강홍만이 거실로 나왔다. 저택의 앞쪽은 화염병의 직격탄을 맞지 않아서 아직까지 거실에는 불길이 번지지 않았던 것이다.

"어떻게 되었어?"

버럭 소리쳐 물은 강홍만의 손에는 일본도가 쥐여져 있었다. 화염병이 날아오자 엉겹결에 벽에 걸린 일본도를 빼든 것인데 조금전의 위풍은 간 곳 없었고 눈을 치켜뜬 황당한 표정이었다.

"그 놈은 어디 있는 거냐?"

"예, 뒷집으로 애들을 보냈습니다."

박세용이 허둥대며 대답했을 때 현관문을 박차고 고석규가 뛰어들어왔다.

"소방차가 오고 있습니다."

소방서는 5분 거리에 있는 것이다. 연기가 거실쪽으로도 자욱하게 퍼져 나왔으므로 화장실에서 물을 퍼서 뿌리던 부하들도 견디지 못하고 현관 끝쪽으로 밀려왔다. 불길이 닫힌 응접실의 문짝을 우그러뜨렸고 전선이 타는 바람에 집안의 전등이 번쩍이다 터졌다. 그러나 집안은 아직 밝다. 이층으로 불길이 번지면서 사방을 비추었기 때문이다.

"대회장님. 우선 밖으로."

마침내 조해철이 강홍만의 옆으로 붙어 서며 말했다.

"경비실로 가시지요"

"모두 밖으로 나간다!"

고석규가 소리치자 부하들이 몰려왔다.
"이놈, 내일 당장에 전쟁이다."
신발을 겨우 꿴 강홍만이 현관을 나왔을 때 쉰 목소리로 말했다. 그는 바지에 셔츠 차림이었는데 아직도 손에는 일본도를 움켜쥐었다. 한 무더기가 된 그들이 정원을 가로질러 갈 때였다. 아까부터 들리던 소방차의 사이렌이 바짝 가까워지자 몇 명이 정문 밖으로 달려갔다. 문을 열어주려는 것이다. 그때 조해철이 소리쳤다.
"차를 세우고 소방관 확인을 해라!"
그가 강홍만의 옆에 바짝 붙어있는 박세용을 돌아보았다.
"박 회장! 당신이 애들 데리고 확인을 해! 놈이 소방관으로 위장하고 들어올지 모른다!"
박세용이 부하들을 이끌고 정문으로 달려갔다. 경비실은 정문 오른쪽에 세워진 경호원의 숙사도 겸하고 있어서 7, 8명이 들어갈 수 있는 대기실도 만들어졌다. 대기실로 들어선 강홍만은 분을 참지 못하고 일본도로 소파를 내려쳤다. 그러자 비닐 소파가 세로로 쩍 갈라지더니 안에든 스펀지와 천조각이 삐져 나왔다.
"손대호, 이놈!"
경철이란 이름을 부르며 화를 풀기에는 격의 차이가 너무 났기 때문에 손대호를 상대 한 것이다.

경철이 뒤쪽 담장을 넘어 뛰어 들었을 때와 동시에 소방차도 현관 앞에서 멈춰 섰다. 뒤쪽 건물은 불기둥을 거칠게 내 뿜고 있는 데다 이미 지붕이 한쪽부터 허물어지고 있는 중이었다. 화염이 세었으므로 아무도 접근하지 않는 곳이었고 사각지역이었다. 몸을 낮춘 경철은 저택의 오른쪽으로 뛰었다. 그때 소방차의 호스에서 뿜어져 나온 물줄기가 쏟아져 내렸다. 소방관들의 부르고 답하는 소리도 요란했다. 오른쪽 모퉁이로 들어선 경철이 차고 옆을 지날 때였다. 뒤에서 공기를 가르는 소리를 듣자마자 경철은 펄쩍 뛰어 올랐지만 늦었다. 어깨를 뜨거운 쇠꼬챙이로 쑤시는 것 같은 통증이 왔고 몸을 틀어 겨우 땅바닥에 발을 딛고 섰을 때 어른거리는 불빛을 받고있는 고석규가 보였다. 고석규는 길이가 일미터쯤 되는 검을 들고 있었는데 칼끝이 위쪽으로 조금 휘었다. 두 손으로 검을 쥔 그가 한 걸음 다가서며 웃었다.

"네놈이 이쪽으로 올 줄 알았다. 내가 네 머릿속은 훤하게 읽을 수 있지."

경철은 자신의 왼쪽 어깨가 깊이 베어진 것을 알았다. 상처에서 흐른 피가 이미 등을 적셨고 왼쪽 팔은 들기조차 힘이 들었다. 이를 악문 경철은 고석규를 노려보았다. 지붕에서는 불덩이와 물이 뒤섞여서 떨어져 내리고 있었으므로 그들은 노려본 채 발을 자주 뗴었다.

"혼자서 쳐들어오다니."

고석규가 반걸음 쯤 다가서며 말했다.

"이번에는 놓치지 않는다."

경철은 고석규의 칼끝에 조금도 빈틈이 없다는 것을 깨닫고는 가슴이 내려앉았다. 전에 청모골에서 대적했던 고석규가 아니었다.

"고석규, 그 동안 많이 달라졌구나."

반걸음을 다시 물러나며 경철이 말하자 고석규가 이를 드러내고 웃었다. 그러고는 잇사이로 말했다.

"나는 청모골로 다시 돌아갔었다."

경철에게 고석규가 다시 한 걸음 다가갔으므로 그들은 지붕의 벽이 허물어지기 시작하는 저택의 뒤쪽으로 들어섰다. 불덩이와 물길이 쏟아져 내리는 뒷마당은 마치 지옥 같았다. 고석규가 칼끝을 겨누고 말했다.

"배국청은 청모술을 완성했다. 나하고 같이, 그리고 그것을 나한테 전수해 주었지"

말을 그친 고석규가 발을 떼지도 않은 채 칼을 좌우로 뿌렸는데 경철이 몸을 피했지만 작업복의 앞부분이 두 갈래로 찢어졌다.

"나는 2년 동안 지옥과 같은 수련을 더 받았단 말이다. 네 놈의 몫까지 합쳐."

말을 그치자마자 뛰어오른 고석규가 칼을 치켜들었을 때 벽의 한 부분이 허물어져 내리면서 팔을 때렸다. 경철은 몸을 굴렸고 고석규의 칼은 허공을 쳤다.

"배국청은 배신한 네놈을 없앨 기술을 전수해 주었다. 자, 보아라."

다시 고석규가 택견의 품 밟기처럼 발을 떼어 다가왔는데 경철이 같은 방식으로 피했지만 세 발짝만에 잡혔다. 고석규의 칼끝이 머리칼을 스치고 지나갔다.

"자, 이젠 너를 죽이겠다."

검을 비스듬히 눕힌 고석규가 다시 와락 다가왔을 때였다. 경철은 고석규의 한치도 빈틈이 없는 실수 속에서 실날같은 헛점을 보고는 가슴이 뛰었다. 믿기지 않았던 것이다. 이미 이쪽 수를 모두 읽히고 있는 처지라 당하기만 기다리는 상황이어서 고석규의 허리에 보이는 헛점은 오히려 함정 같았다.

"에익!"

고석규의 칼날이 빛발처럼 번뜩였을 때 경철은 와락 앞으로 나서면서 온 몸을 던지듯이 고석규에게 부딪쳤다. 그 순간 고석규의 칼날이 경철의 어깨를 스치고는 바지의 엉덩이 부분을 찢고 지나갔다. 그리고 동시에 경철의 주먹이 고석규의 실날같은 허점인 가슴의 명치끝을 쳤다.

"퍽석!"

가슴이 뼈와 함께 무너져 내린 고석규가 칼을 떨어뜨리더니 돌담이 무너지듯 쓰러졌다. 그리고는 하늘을 보며 누웠는데 두 눈을 부릅뜬 표정이었다.

"내, 내가 왜?"

경철이 와락 달려가 고석규의 멱살을 잡고 소리쳤다.

"스승이 네놈의 인간성을 알고 수법을 전수할 때 한 가지 허점을 남겨두신 거다! 나도 마지막 순간에 겨우 알아차렸을 정도야."

"그… 그런 모양이군."

입가로 피를 쏟으면서 고석규가 희미하게 웃었다.

"그 놈이 내 거짓말을 알아챘었어…."

그때 벽이 허물어졌으므로 경철은 흙먼지와 물을 같이 뒤집어썼다. 경철은 급소를 맞은 고석규가 곧 죽을 것이라는 것을 알았다. 그때 고석규가 경철의 팔을 움켜쥐었다.

"하지만 비겼어. 난 그놈에게 약을 타 먹이고 불을 질렀으니까. 다시 도망치려면 할 수 없었지."

다시 뒤쪽의 벽 전체가 흔들거리더니 요란한 소리와 함께 무너져 내렸다. 경철이 뛰어 일어나 비겼을 때 고석규의 위로 산더미같은 시멘트 덩어리가 덮여졌다.

"금고는 멀쩡할 것이다."

자신 있게 말한 강홍만이 조해철을 젖히고 앞장을 섰다. 그는 이제 체격이 맞는 부하의 저고리를 걸친 데다 일본도도 버렸다. 저택의 불은 진화되었지만 뒤쪽 부분을 형체를 알아볼 수 없을 만큼 무너졌고 현관 주위는 멀쩡한 편이었다. 소방차 세 대가 저택 앞쪽과 오른쪽에 가로로 세워져 있었고 20여 명의 소방관들이 한숨 돌린 듯 흰 연기가 피어오르는 현장 주위를 오갔다.

"저쪽이다."

강홍만이 연기가 피어오르는 뒤쪽을 가리키고는 앞장을 섰다. 그는 현금과 귀중품을 집에 보관해 놓은 것이다. 그래서 주문 제작한 대형금고를 안방에다 모셔놓았는데 섭씨 1천도의 열에도 견딜 수 있다고 했다. 새벽 2시 반이어서 불이 꺼진 현장은 다시 어둠에 덮여졌고 소방차에 켜 놓은 대형 등이 주위를 밝히고 있었다. 불탄 건물의 안으로 들어선 강홍만은 대형 금고가 그 자리에 서 있는 것을 보고는 입술을 비틀며 웃었다.

"저기 있구나."

"애들더러 파내라고 하겠습니다."

조해철이 말하고는 주위를 둘러보았다.

"대회장님은 이제 돌아가시지요."

주위를 30명 가까운 부하들이 둘러싸고 있었지만 그는 아직도 긴장을 풀지 않았다. 소방관 하나가 다가왔으므로 조해철이 눈을 치켜떴다.

"이 집 가족이 몇 분이나 됩니까?"

"나 하나요."

강홍만이 나서며 대답했다.

"내가 이 집주인이요."

처자식은 청담동 아파트에서 살게 하고는 가끔씩 들릴 뿐으로 강홍만은 대부분을 이 저택에서 지냈다. 처자식에게 자신의 생활을 노출시키지 않으려고 한 것이다. 머리를 돌린 강홍만이 금고를 턱으로 가리켰다.

"조심해서 파내라."

부하들이 몰려가면서 주위가 어수선해졌다. 그때였다. 강홍만이 비틀거리더니 털썩 물에 젖은 가구 위에 한쪽 무릎을 꿇었으므로 부하들은 미끄러진 줄만 알았다.

"조심하십시오."

옆에선 조해철이 강홍만의 겨드랑이를 잡았을 때였다. 강홍만의 머리가 꺾여졌으므로 그가 소리쳤다.

"대회장님."

당황한 그가 강홍만을 일으켜 세우다가 놀라 눈을 부릅떴다. 소방차의 불빛에 비친 강홍만의 크게 뜬 눈에는 이미 초점이 없었던 것이다.
"대회장님."
강홍만의 상반신을 치켜든 조해철이 악을 쓰듯 소리쳤다.
"대회장님이 당했다!"

"강홍만의 사인은 심장마비였습니다."
아침 10시가 되었을 때 성한건설의 회장실에는 고근식을 중심으로 간부들이 모여 앉아 있었는데 배용수가 상황을 설명하는 중이다.
"의사가 그렇게 판정을 했습니다."
"강홍만이 심장마비로 죽었다구?"
믿기지 않는 듯 고근식이 이맛살을 찌푸렸다.
"부검은 안한다더냐?"
"예, 가족들 반대로 안할 것 같습니다. 게다가 판정까지 났으니까요."
"그럼 그 최방이라는 경호원 놈은 어떻게 죽은 거야?"
"건물에 깔려 사고사 당한 것으로 처리되었습니다."
고근식이 이를 악물더니 입술을 비틀었다.
"그 새끼 입지만 단단히 굳어졌는데, 방화는 물론 그 새끼에게 혐의가 가겠지?"
"조사중입니다만."
"조사중이라니? 김경철이 쳐들어갔다는 건 밤에 노는 놈 치고 모르는 놈이 없지 않아?"
"그래서 경찰도 혐의를 두었는데 알리바이가 확실하다고 합니다.

사고 시간에 같이 있었다는 사람이 많습니다."

고근식이 눈을 치켜떴으므로 배용수는 말을 그쳤다. 길게 이야기해서 득 될 것이 없다고 판단한 것이다.

"강홍만이 심장마비로 죽다니."

기가 막히다는 표정으로 고근식이 혼잣소리를 했다.

"게다가 그 최방이란 놈은 건물에 깔려 죽었다구? 내 참 기가 막혀서. 모두 김경철이 그놈의 짓인데 말이다."

고근식이 부하들을 흘겨보았지만 아무도 시선을 마주치지 않았다.

경철이 손대호의 집에 들어섰을 때는 저녁 8시경이었다. 오늘도 손은이 그를 맞았는데 힐끗 시선만을 주었을 뿐 잠자코 돌아섰다. 방 앞에 섰을 때 기척을 듣고 있었던지 방문이 열리더니 공재국의 웃음 띤 얼굴이 드러났다.

"들어오시지요."

아랫목에는 손대호가 앉아 있었는데 오늘은 들어서는 경철을 똑바로 보았다. 손대호의 앞에 정좌한 경철이 두 손을 짚고는 엎드렸다.

"심려를 끼쳐 드렸습니다."

"어깨는 어떠냐?"

손대호가 부드럽게 물었으므로 경철이 시선을 내렸다.

"괜찮습니다."

"뼈에도 금이 갔다는데 괜찮아? 수술은 금방 끝났다면서?"

혀를 찬 손대호가 경철을 살아보았다.

"한 달쯤 요양을 하고 오너라. 그 동안이면 모든 것이 제 자리로 돌아가 있을 테니까."

"알겠습니다."

"이제 청모골의 인연은 모두 끝났느냐? 그 여자는 어떻게 했어?"

"돈을 주어서 떠나보내려고 했더니 그전에 이미 떠났다고 합니다."

"풀씨같은 애로군. 흙만 있으면 어느 곳에건 뿌리를 내릴 게다. 길가이건 바위틈에서라도."

"그런데 저는 강홍만은 손대지 못했습니다. 어깨의 상처가 심해서 담장 위에 엎드려 기회만 엿보고 있었지요."

머리를 든 경철이 성한 오른팔로 이마의 땀을 닦았다.

"그런데 강홍만이 갑자기 쓰러지더군요. 심장마비 같지는 않았습니다."

그러자 손대호가 이를 드러내고 웃었다.

"그자는 오랫동안 군림하다 급사했으니 여한은 없을 것이다."

"그러믄요."

공재국이 크게 머리를 끄덕였다.

"밤의 왕으로 자칭하면서 무려 20년 동안 안주해 왔지요. 그 자는 새 시대에 맞지 않는 인물이었습니다."

그리고는 경철을 향해 웃었다.

"김 회장이 불을 밝혀준 셈이 되었지요. 저택의 불기둥으로 말입니다."

"손님 오셨어요."

밖에서 손은의 말소리가 들렸으므로 공재국이 문을 열었다.

"어서 들어오시오."

공재국이 반겼고 방 안으로 두 사내가 들어섰다. 손대호에게 절을 한 그들은 문 쪽에 앉았는데 머리를 들었던 경철이 퍼뜩 눈을 치켜떴다. 그 중 하나는 조해철이었던 것이다. 강홍만의 감찰실장 조해철이다. 그는 어젯밤 강홍만의 옆에만 붙어 서 있었으므로 불빛에 비친 얼굴이 금방 알아 볼 수 있었다. 경철의 표정을 본 공재국이 얼굴을 펴고 웃었다.

"이 분은 청수회의 감찰실장 조해철 씨요. 김 회장께서 어젯밤 보셨겠지?"

경철과 시선이 마주치자 조해철이 머리를 숙였다.

"조해철입니다."

그의 얼굴에는 웃음기가 떠올라 있었다. 그러자 공재국이 이번에는 여무상을 소개했다. 인사를 마쳤을 때 여무상이 헛기침을 했다.

"우린 김 회장께서 뛰어들지나 않으실까 초조했습니다. 다행히 우리가 기회를 그전에 잡았지요."

"아니, 그럼."

놀란 경철이 크게 뜬눈으로 그들을 번갈아 보았다.

"그럼 두 분께서."

"그렇습니다."

대답을 조해철이 했다. 그가 옆에 앉은 여무상을 손으로 가리켰다.

"여 부장께서 앞을 가려주신 사이에 제가 강홍만의 심장을 쳤습니다."

여무상이 소방관 복장을 하고 다가갔던 것이다. 새벽의 화재 현장을 떠올린 경철이 머리를 끄덕였다.

"저도 눈치채지 못했습니다. 놀라운 솜씨였습니다."

"너 만큼은 할 것이다."

손대호가 불쑥 말했다.

"여 부장과 조 실장 둘 다 택견의 고수들이다. 거기에다 실수만을 익혔지."

손대호가 말을 이었다.

"조 실장은 3년 전부터 우리 집행부의 공동부장이었다. 이제부터 조 실장은 청수회의 개조 작업을 하게될 텐데."

말을 그친 손대호의 시선이 경철에게로 옮겨졌으므로 방 안의 시선도 모였다.

"네가 도와야겠다. 조 실장과 네가 안팎에서 움직이면 효과가 배가 될 것이다."

경철이 손대호의 집을 나왔을 때는 밤 10시경이었다. 골목을 나선 경철이 대기시킨 차로 다가갈 적에 뒤에서 가볍고 빠른 발자국 소리가 났다.

"같이 가요."

손은이었다. 다가선 손은이 가쁜 숨을 몰아쉬며 말했다.

"아버지 별장으로 가요. 내가 안내할 테니까. 그곳에서 요양하라고 하셨어요."

그리고는 앞에 세워진 경철이 타고 온 승용차를 턱으로 가리켰다.

"어서 타요. 동해안이라 내일 새벽에야 도착하겠네."

눈을 껌벅이던 경철은 둘러선 7, 8명의 경호원들이 제각기 시선을 내리거나 돌리는 것을 보았다. 손은이 경철의 등을 밀었다.

"뭐해요? 나도 좋아서 이런 일 하는 줄 알아요? 어서 타요."

〈끝〉

조폭사 2 義

1판 1쇄 인쇄 | 2010. 10. 15
1판 1쇄 발행 | 2010. 10. 20

지은이 | 이원호
펴낸이 | 박연
펴낸곳 | 스토리뱅크

등록일자 | 2009년 11월 17일
등록번호 | 제313-2009-250호
주 소 | 서울 마포구 용강동 469 하나빌딩 3층
전 화 | 02)704-3331 팩 스 | 02)704-3360

ISBN 978-89-964778-5-3 04810
ISBN 978-89-964778-3-9 (세트)

* 잘못 만들어진 책은 구입처에서 교환해 드립니다.

※ 이 소설은 2000년 출간된 『야차』의 개정판입니다.